地図とデータで見る
女性の世界ハンドブック

Cartographie: Cécile Marin
Maquette: Vianney Chupin et Raphaëlle Faguer
Conception et réalisation: Edire
Coordination éditoriale: Marie-Pierre Lajot

地図とデータで見る
女性の世界ハンドブック

Atlas mondial
des femmes
Les paradoxes de l'émancipation

イザベル・アタネ／
Isabelle Attané
キャロル・ブリュジェイユ／
Carole Brugeilles
ウィルフリエド・ロー 編
Wilfried Rault
土居佳代子 訳
Kayoko Doi
地図製作＊セシル・マラン
Cécile Marin

原書房

地図とデータで見る
女性の世界ハンドブック

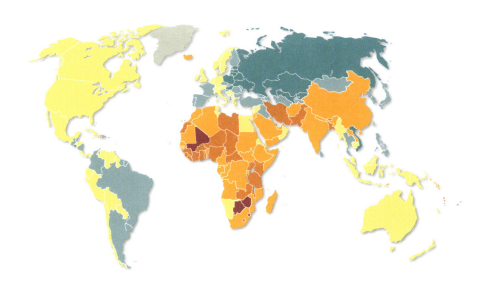

はじめに
6 矛盾をふくんだ前進

9 自分の体についての自由な決定
10 女性より数の多い男性
13 女子に生まれる権利
17 女性は男性より長生き
20 長生きだが、健康状態はよくない？
24 子ども、ほしいなら、いつ？
28 中絶の権利
32 産むこと、命を失うことなく
36 女性性器切除廃絶へ
40 性暴力
44 フェミサイド（女性殺し）──女性に対する憎悪による犯罪

49 プライベートな領域
50 カップル形成前の性生活
54 女性の同性愛、認知と不可視性
58 女性の結婚はますます遅くなっている
62 女性の姓
66 50歳をすぎての性生活──いまだに平等ではない
70 依存は女性の問題

75 ソーシャリゼーション（社会化）とステレオタイプ
76 少女たちの就学、前進と妨害
79 進路指導の不平等は世界的現象
83 文化・教養は女性の関心事？
87 女性が報道をするとき

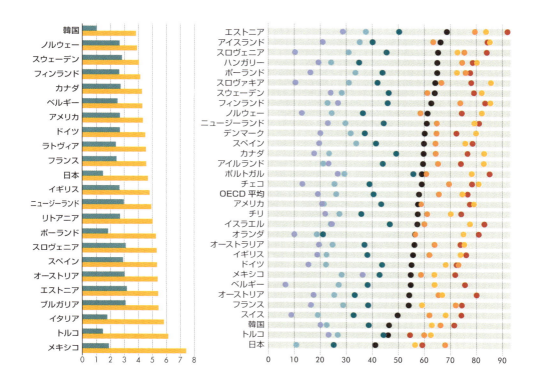

- 91 女性と映画——平等はまだ遠い
- 94 男性のスポーツ、女性のスポーツ
- 98 理想の体とスマートであること

103 仕事と経済的独立・依存
- 104 雇用へのアクセスについては向上したが…
- 108 仕事と家庭
- 112 女性は所得が低い
- 116 相続権と所有権
- 120 貧困にさいなまれる女性たち
- 124 移動する女性たち

129 不平等との闘い
- 130 世界の女性組織
- 134 女子差別撤廃条約とその他の国際条約
- 138 女性参政権普及の1世紀
- 142 経済界・政界とガラスの天井
- 146 婚姻にかんする法律
- 149 男女の不平等は測定不能？

- 153 参考文献
- 157 執筆者一覧

はじめに

矛盾をふくんだ前進

　世界にはさまざまな不平等があるが、なかでも男女間の不平等は、その存在を世界規模で認められ、克服の努力が続けられている重大な不平等の形態の1つである。女性の権利のための闘いと利益保護の問題は、1945年に両性の平等についての一般的方針を定めた国連憲章が採択されたことで、20世紀後半には、国際的な規模に広がった。以来、女性の権利を守り、女性差別をなくすための一連の国際条約が調印されている。この観点から、とくに1979年は「女子に対するあらゆる形態の差別の撤廃に関する条約」（女子差別撤廃条約、CEDAW）が調印され、決定的な年となった。国連による世界女性会議も1970年、1975年、1980年、1995年と4回にわたって開催され、国際社会はさまざまな目標を検討するために結集し、公私すべての領域における女性の地位向上のための行動綱領を作成した。

　しかしこの21世紀の初頭においてもなお、女性にかんする諸問題と男女間の平等という課題は、世界的規模の重要な問題として残っている。それもそのはず

である。実際、保健衛生や教育、雇用、情報へのアクセス、賃金、政治的代表権、財産の相続、表現の自由といったさまざまな分野、さらに私生活の領域での、家族やカップル内での決定権、家事の分担における条件を整えて男女の完全な平等を実現している国はごくわずか（一国でもあるだろうか？）だからだ。さらに国によっては、いまだに男女の不平等が非常に深刻で、ときには命にかかわることさえある。

　前述の世界女性会議から20年たったいま［本書原著は2015年刊行］、世界中の女性の状況、男女間の不平等はもちろん、同じ女性間にある不平等についても、最新の現場報告書を作成する必要があるだろう。本書は、すべての地域やテーマを網羅するのをめざすのではなく、多岐にわたる女性の現状と不平等の形態の見取り図を提供したい、と考えた。作成にあたっては、国内、国外の行政機関資料、アンケート調査による統計、また現代における変化を説明するような司法データや歴史的出来事などに基礎をおいている。また、人口学、社会学におけるジェンダー研究のおかげで、客観的なデータによ

ってこの変化の輪郭をより正確に見きわめ、この問題の性格を示すことが可能となった。

本書はたとえば、どのようにしてある種の不平等が緩和されたかを示しているが、これらはフェミニストたちの活動や、平等を目標として設定された国際条約、各国の政治的決断によって達成された。いくつかの領域における女性の状況の変化からは、解放の様相が読みとれる。教育、出産、ある種の職業へのアクセス、参政権、ここには、まぎれもない前進があり、前進はいまも続いている。

しかしながら、進歩はいまだ達成されていないと同時に逆説的だ。というのも、男女の状況の差が縮まったといってもまだかなり相対的である。強い抵抗に出会って、ときにまったくの逆戻りをしていることさえある。任意の妊娠中絶の権利が、最近になって、スペインのような国でふたたび問題視されたことなどがその例である。その上、前進は世界の一部の地域、あるいは一部の領域にとどまっていることも多い。地域により、国により、

不平等はいたるところにあって、どの年代にも存在するが、それがまとっている様相は多岐にわたる。達成が不十分であることは、同じ国内でも、女性たちが享受している前進が、社会的立場によって非常にまちまちであることにも現れている。

さらには、前進そのものが矛盾をふくんでいる。というのも、ときに、より巧妙な新たな不平等の形態をともなうことがあるからで、それらはいかにも平等であるかのような、男女の差異にもとづく論理で述べられる。不平等が、「自然の理」ということで押しつけられ、男女には避けがたい性差があるという論理で正当化されるのだ。しかし本書が示すように、そのような不平等は、決して不変のものではない。くわえて、不平等は非常にさまざまな様相をまとっているうえに、歴史的、政治的、社会的背景に密接に関連している。男女間の不平等は、一義的に進行するわけではないのだ。形を変え、場所を変え、遠まわしな方法をとるが、消滅することはない。平等への道はまだ遠い。

自分の体についての自由な決定

各国の法律や国際条約は、女性にせよ男性にせよ各個人に対し、生きる権利、人身の安全保証と、自分の体についての自由な裁量権を認めている。この権利は、今日、大部分の女性にとって向上した。たとえば多くの場合、女子の誕生は男子の場合と同様歓迎されるし、もはや女子だからといって、死の確率が高いわけではなく、女性が自分が出産する子どもの数を決めることもできるようになった。だが、なかにはまだ十分にそうした権利の恩恵を受けられない女性たちもいる。世界のあちこちに、程度はさまざまでも、社会の掟や拘束、さらには肉体が危険におちいるまでの暴力にさらされている少女たちや女性たちがいる。

10・自分の体についての自由な決定

女性より数の多い男性

世界人口は、男性が過半数を占める。だが、20世紀なかばには、女性の人口のほうがわずかに上まわっていた。今日、ヨーロッパでは女性のほうがずっと多いにもかかわらず、女性の高死亡率と胎児が女子とわかった場合の人工妊娠中絶が男女の不均衡に大きな影響をあたえているアジアでは、女性の比率がますます下がってきている。

世界の人口は74億人にのぼるが、そのうち女性は36億人で男性の数を下まわる。だが、1950年代まではわずかに女性のほうが多かった。この変化は何を表すのだろうか？　この割合を支配する要因はなんだろうか？

出生するのは女子より男子のほうが多い（通常の環境では女児100人に対して男児105人前後）。そのかわり生まれてからは女性のほうが有利で、一部の国々で妊産婦の死亡が多いほかは、生涯を通じて男性より頑健で、一般的に長生きする。したがって、老齢になるにつれて、女性のほうが多くなってくる。だが、男女の割合は、第3の要因で変わることもある。国境を超えた移動である。これは場合によって、おもに女性であったり、おもに男性であったりするため、ときには非常にはっきりした形で、出発国と受け入れ国の男女比率に影響をもたらすこともある。こうした3つの要素の影響は国によりそれぞれで、そこから地域間の大きな不均衡が生まれる。

ヨーロッパでは女性のほうが多い

ヨーロッパは女性の割合がもっとも多い地域だ。第2次世界大戦の人的損失（主として男性）の傷跡がまだ残っているうえに、ヨーロッパは、0歳時における平均余命（平均寿命）78歳という、今日世界でもっとも長寿の地域である。したがって、高齢化がもっとも進んでいるため、女性が多くなっている。またヨーロッパは、寿命の点でも女性の優位がもっとも顕著な地域で、男性より平均して7年も長生きである。その差を比較すると、北アメリカでは5年でしかないし、子どもを産む年齢における女性の死亡率がいまだに高く、人口の男女比率に影響をあたえている国が多いアフリカでは、たったの3年である。しかし、東ヨーロッパのある国々や、とくにロシアでは、経済の移行とともに男性の死亡率が非常に高くなっていて、女性の寿命は平均して男性より10年以上長い。

アジアでは男性のほうが多い

男性の比率が大幅に多いのはアジアだ。この地域にこのような特殊性があるのは、まず女性の地位があまり評価されていないことで、とくにインドと中国においてその傾向があり、この2国だけで地域の全人口の60パーセントを占めるため、統計への影響が大きい。女子の出生が、生まれるはずの人数より少ないだけでなく（p.13「女子に生まれる権利」参照）、その後も、これらの国の社会・経済の発展のレベルからすると、もっと生きられるはずまで生きていない。またインド、パキスタン、バングラデシュ、イランは、1980年代まで女性の寿命が男性と同じか、さらには短かった数少ない国々だが、これは男女間に不平等な扱いがあったという明らかなしるしである。

カタールやアラブ首長国連邦のようなアジアのほかの国々は、インドや中国に比べて、たしかに人口そのものはだいぶ少ないが、そのなかで、男性の数は女性の2〜3倍にあたる。この状況は、1970年代からの石油工業の発展によって大量の労働力が必要となり、それがおもに男性の、大勢の外国人労働者（この2国では、今日、住民10人中8人が外国出身であるほど）によってカバーされたことで説明できる。

人口の男性化はどこから来るか？

世界規模で作用している可能性のある要因は2つだけである。出生時の男女比率と男女の死亡率の違いだ。1950年から、女性の寿命は男性の寿命に比べて、より迅速に伸びた。だがそれで男性の人口割合は減っていない。したがって、世界人口がだんだん男性化している原因は、

年齢別の男性の比率

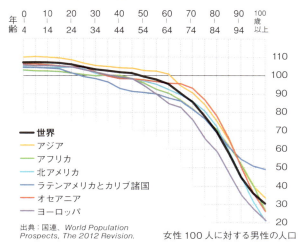

出典：国連、*World Population Prospects, The 2012 Revision.*

女性100人に対する男性の人口

男性と女性の相対的配分は、年齢によって大きく異なる。世界的規模で、4、50歳頃までは男性のほうが多い。その後、女性の平均寿命が長いため、男性は少数派になる。

男子の出生率のゆっくりとした増加だろう。おもに中国にみられるこの傾向は、程度は高くないとしても、発生学上・環境・行動の要因全体からも生じている。胎児医療の発達、妊娠検査の進歩、母親の栄養失調が減少したことが、しだいに男子を妊娠することと胎児の子宮内での生存に有利となっているのだ。

イザベル・アタネ

世界の人口の男性比率と1950年以降の変遷

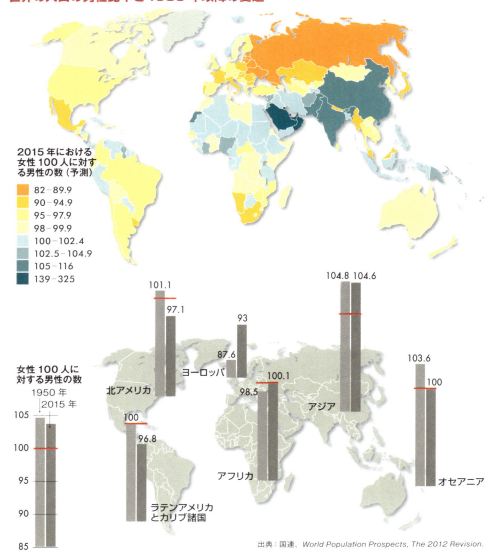

出典：国連、*World Population Prospects, The 2012 Revision.*

女子に生まれる権利

世界のどこにおいても、子どものときは男子のほうが女子より多い。

だが、アジアでは、この傾向がほかの地域より顕著だ。待遇の不平等が女子の死亡率を高めている。あいかわらず女性に不利なジェンダー規範が、女性のもっとも基本的な権利、生まれる権利と生きる権利を侵害している。

子どもの人口は、世界のどこにおいても男子が多い。この状況は正常であり、不変である。出生数は男子のほうがやや多く、その後男子は女子と比較して弱く、子宮内もふくめて死亡数が多いにもかかわらず、それぞれの年齢でわずかに人数が多い。人口集団における両性の総人数は、40か50歳頃になってやっと均衡がとれる。

アジアでは女子100人に対して男子109人

アジアでは、男子がさらに多い。5歳未満で100人の女子に対して109人である。しかし男子の死亡率は女子より高いため、世界のほかの地域と同様に、この割合は105人以下になるはずである。

じつはこの通常と異なる状況は、もっとも基本的な女性の権利、生まれる権利の侵害の結果なのだ。ある国々では、伝統的に男子のほうを好むことから、子どもの数の低下と出生前エコー断層写真の普及とときを同じくして、選択的堕胎が現れた。中国、インド、ベトナム、アルバニア、アゼルバイジャン、アルメニア、ジョージアなどにおいて、これから生まれてくる子どもが男子でない場合は、出産しないことを選ぶカップルがだんだん増え、世界のほかの地域の経験に照らして尋常でない状況をまねいている。またとくに中国とインドにおいて、もともと少ない女子が、1歳未満の異常な死亡率の高さによってさらに減っているが、これは女子にはほとんど医療を受けさせないことによる。

儒教、イスラム教、ヒンドゥー教、仏教あるいはキリスト教とそれぞれであっても、これらの社会は、男性を優遇する文化的特徴を共通にもっていて、家父長制、父系家族であり、女子と男子の非常に異なる社会化プロセスがあいかわらず続いている。これらの国々では、家族の名前を永続させ、継続を確保することが、大きな関心事なのだ。儒教文化においては、男の後継者がいないことは、家系と先祖信仰の消滅を意味する。ヒンドゥー

14・自分の体についての自由な決定

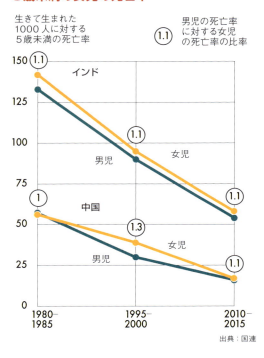

中国とインド：5歳未満の女児の死亡率

生きて生まれた1000人に対する5歳未満の死亡率

男児の死亡率に対する女児の死亡率の比率

出典：国連

保健衛生、栄養摂取の面で差別を受けない場合、女児の死亡率は生涯を通じて男児の死亡率より低い。とくに幼児期では、通常の事情の場合、男児の死亡率に対する女児の死亡率は0.8前後にとどまる。中国とインドではこの数値が標準より高く、5歳前の女児の、男児に対する超過死亡率として示されている。

教においては、しきたりによって、両親の葬儀の焚き火を燃やすのは息子で、それをしないと、彼らの魂は永遠の安らぎを得ることができずに、転生につぐ転生を続けるとされている。インドでも中国でも、娘はつかのま両親のもとにいるだけで、結婚すると、夫の家族につくすために自分の両親を離れていく。娘を育てることは、「他人の土地を耕すことだ」と中国のことわざは言う。インド人にとっては、「隣の庭に水やりをすることだ」。とくにインドとバングラデシュにおいては、娘の結婚に必要な持参金が、しばし

ば花嫁の家族を破産させかねない額であるため、よけい息子のほうがいいということになる。

強い抵抗

　経済の近代化も、この点では女子の状況を少しも改善していない。貧困、物資的・家族的事情、伝統への密着、経済的計算も同様に男子が好まれる要因である。これらアジア社会において、女子に対する差別は、社会的・職業的成功の機会についても生じていて、成人の年齢に達した男性にはあたえられるが、女性はおも

に家庭のなかにとどまることがよしとされている。選択的堕胎を禁じる法律は、あっても死文にとどまっている状態だが、韓国は例外で、急速な都市化と結びついた情報キャンペーンのおかげで、実施されることが減った。

アジアにおける選択的中絶に対する闘い

1987年 — **韓国**：医師に対し胎児の性別を知らせることの禁止

1988

1989

1990

1991年 — **韓国**：「娘を愛しなさい」キャンペーン開始

1992年 — **中国**：女子の権利と利益保護法が、女児を溺死させること、および遺棄を禁止、女児を産んだ女性への虐待禁止

1993

1994年 — **中国**：「母親と子の健康についての法律」が選択的中絶を禁止

1995

韓国：性別選択による中絶禁止法の強化

1996

1997 **インド**：「出生前診断技術に関する法（PNDT）」による選択的中絶の禁止

1998

1999

2000年 — **中国**：「娘をかわいがる」プログラム開始

2001

2002年 — **ネパール**：出生前の男女選別を禁止する、中絶にかんする法律

2003年 **インド**：「着床前および出生前診断技術法」が選別的中絶禁止法を強化し、受胎前の男女選別に範囲を広げた

2004

ベトナム：「人口法」で出生前の性別による選択を禁止

2005年

中国：妊娠14週目以降に実施される中絶監視規則制定

5歳未満における女児100人に対する男児の数

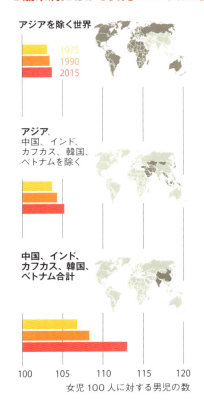
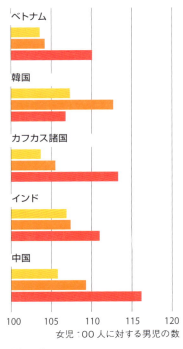

出典：国連

　その他の地域においては、この行為がすべての関係者たちに利益をもたらしつづけている。一方で、両親は生まれようとしている子どもの性別をなんとしても知りたいと思い、それが望んだほうでなかった場合は堕胎する。妊娠後何か月もたってからのこともある。他方、医師はかなりの謝礼を受けとって、こうした要望を満足させることを大規模に行なっている。

イザベル・アタネ

女性は男性より長生き

世界のどの地域においても、女性は平均して男性より寿命が長い。だが、一部の国々で、子どもを産む年齢(リプロダクション)の死亡率があいかわらずかなり高いことと、女児が男児に比べて大切に扱われていないことが、この女性の利点をいちじるしく限定している。

全世界で、2010年から2015年にかけて、女性の平均余命は72歳に達した。それに対して男性は68歳と、4歳の差がある。しかしこの差は国によってかなりさまざまで、サハラ砂漠以南のアフリカ諸国のほとんどでは2歳であり、男性の死亡率が非常に高いロシアでは13歳に近い。ただしこの数値は不変ではない。

多くの国における近年の女性優位

疫学転換[18世紀ヨーロッパで、感染症の制圧によって死因構造が変化したのにともなう死亡率低下の過程]のはじまる前の、ひんぱんに人が死に、おもな原因が感染症だった時代、男女の死亡率はほぼ同じ水準だった。ある種の疾患に対してより強く、老化に対してより生理的に抵抗力

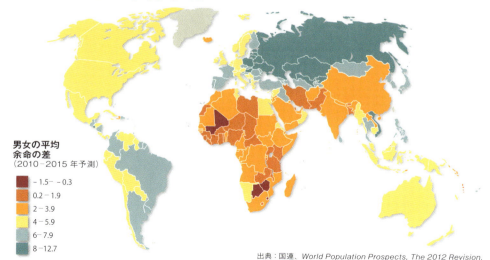

世界における男女の平均余命の差

男女の平均余命の差
(2010-2015年予測)
- −1.5 – −0.3
- 0.2 – 1.9
- 2 – 3.9
- 4 – 5.9
- 6 – 7.9
- 8 – 12.7

出典：国連、*World Population Prospects, The 2012 Revision.*

があるため、一般に余命が2歳長いと見積もられる女性の生物学的な優位は、生存の条件がおとるせいで打ち消されていた。とくに幼児期の娘にはほとんど関心が向けられなかったうえに、子どもを産む年齢になっても、妊産婦死亡の危険が非常に高かった。18世紀のヨーロッパ諸国で支配的だったこのような状況が、20世紀末にも、パキスタンやインド、バングラデシュのようなアジアの大国では続いていて、男女の平均余命はほぼ同程度だった。

平均余命の差は縮まっている

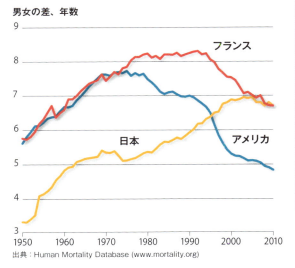

男女の差、年数

出典：Human Mortality Database (www.mortality.org)

20世紀の後半に保険衛生の進歩にともなってかなり広がった男女の平均余命の差は、現在、先進国において小さくなってきている。こうした縮小傾向は1970年代の終わりにアメリカで、1990年代初頭フランスで、日本では2000年代中頃になってから現れた。

1950年以降フランスにおける男性の死亡率

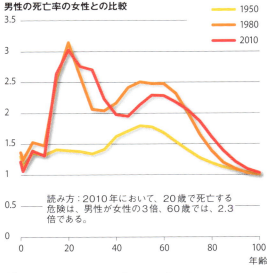

男性の死亡率の女性との比較

読み方：2010年において、20歳で死亡する危険は、男性が女性の3倍、60歳では、2.3倍である。

出典：Human Mortality Database (www.mortality.org)

1950年から1980年のあいだ、すべてに年齢層においていちじるしい増加を見た後、男性の死亡率は、壮年期においてあきらかに以前より下がっているが、70歳をすぎるとまた高くなっていることから、女性のほうが男性より最近の進歩による長命を享受していることがわかる。

男性たちは遅れをとりもどそうとしはじめた

　感染症との闘いにおける進歩、妊産婦死亡の減少、生まれてから5歳の誕生日までの死亡率のいちじるしい低下のおかげで、女性は生物学的優位をとりもどした。だが、プロセスはそれに止まらず、平均余命が長くなるにつれて、男性との差が拡大した。男性より社会的疾病（アルコール、タバコ、交通事故）の危険が少なく、医療機関訪問の機会も多い傾向のある女性は、心臓血管系疾病との闘いがもたらした進歩を、予防医学や新治療法の恩恵を十分に受けることで、大いに利用することができた。

　しかし男性も徐々に、生活態度をあらため、健康に留意するようになっている。高い死亡率から出発して、彼らは女性を上まわる成果を蓄積することができた。そのため今日、ほとんどの産業国における、平均余命の男女差は縮まっている。フランスでは、1990年代初頭には8.2年だったのが、2012年には6.4年となっている。

死亡の原因──男女の違い

　腫瘍と循環器の病気が女性の2大死因である。どちらも減少中で、循環器の病気は腫瘍より急速に減っている。したがって、先進国の女性の死亡原因で現在支配的なのは、腫瘍である。なかでも、胸部のものであるが、これも減少しつつあ

る。逆に、気管支と肺の腫瘍による死亡率は、フランスなどではなお上昇中だが、男性のレベルよりはだいぶ低い。

　大きな死亡原因にかんする女性の死亡率は、男性より低い。たとえば2010年のフランスでは、心臓血管の疾患あるいは癌による死亡率は、男性が2倍近く高い。この比率はとくに肺癌やアルコールのとりすぎによる疾患、また交通事故では、優に3倍を超える。胸部と子宮の腫瘍を除けば、同年齢の男女で女性の死亡のほうが多いのは、喘息と老年性認知症だけである。だが、後者の場合に女性の死亡率が高いのは、パートナーの死去により、かなりの高齢でひとりでいることの多い女性が、しばしば老年性認知症と診断されることによるのかもしれない。

最高齢者は女性が多い

　男性の死亡率はとくに20歳前後に高く、若い男性には若い女性の3倍も死の危険がある。この割合は、60歳ごろふたたび2倍を超えるが、その後年齢が進むとともに徐々に減少する。生まれるときは男子のほうが女子より少し多いが、女性は長生きなので、高齢になると男女の比率は大きく不均衡となる。フランスでは2014年、90歳以上の3分の2、100歳以上では86パーセントが女性だった。

フランス・メスレ

20・自分の体についての自由な決定

長生きだが、健康状態は
よくない？

女性は一般に男性より長生きだが、男性に比べてよりひんぱんに、しかも長期に健康を害する傾向がある。とくに高齢者の場合、健康の問題で日常生活の自立がさまたげられていることが多い。

平均余命が長い国々では、女性は男性より長生きする。しかし矛盾するようでもあるが、健康的には男性におとる場合が多く、これはどの年齢においても同じだ。平均余命だけでなく、不自由のない余命を考慮するならば、女性の優位性はだいぶ失われてしまう。不自由なく動ける平均余命［健康余命］は、平均余命のみならず、良好な健康状態ですごした年数と健康をそこなった状態（病気や事故によって自立した日常生活が不可能、あるいは不自由）ですごした年数を考慮に入れる。不自由の査定は、それらの人々の社会生活を侵している健康の問題を明らかにする。また支援の必要の程度、とくに基本的な動作（トイレ、着替え、食事、外出など）に支障が出ている場合の援助のレベルを教えてくれる。この指標はまた、女性がより長く生きられる年月が、健康を害した状態であることが多いことを示している。フランスでは2010年、65歳の女性の平均余命は男性より

4.5年長いが、それは自由に行動できる状態での1年と不自由な状態での3年半なのだ。

ヨーロッパにおける差

この違いの大きさは国によって異なる。平均すると、65歳のヨーロッパ人の女性は、ヨーロッパ人の男性より3.6歳長く生きることが期待できる。しかし健康余命となると、男女でほとんど変わらない（0.2歳長いだけ）。フランスあるいはスウェーデンでは、女性が男性より長く健康な余命をすごせるが、キプロスやスペイン、あるいはポルトガルにおいては、男性のほうが平均余命は短いにもかかわらず、平均して、自由に行動できる状態での余命は長いことになる。

しかしながら、国同士の比較は慎重に扱わなければならない。とくにアンケート調査の質問が厳密に同じではないからだ。

その上、同じヨーロッパ内でも健康状

労働者の二重の労苦

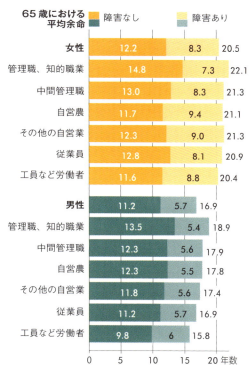

機能不全は、ここでは長期にわたって行動に制限があることで判断
出典：10年毎の健康にかんするアンケート調査データ、2002-2003年。
(Combois ほか、*Demographic Research*, 2008.)

フランスで2002-2003年に行なわれた調査で、職業の種類によって、体の自由が効く、あるいは効かない平均余命での差異が示された。また、（元）労働者の「二重の労苦」が明らかになった。そのような人々は知的職業の人々に比べて余命は短く、その短い時期を不健康な状態ですごす。

態の認識が、国によって違う可能性があるし、また同じ国でも男女によって違うこともあるだろう。たとえば女性は男性に比べて、よりいっそう体の不調に気づいたり、申告したりする傾向にあるようだ。ケアというものに非常に近い位置にいるせいだろう。一般に男性はケアに頼ることがあまりないし、頼るとしても時期は遅い。

しかしそうした影響だけですべてが説明できるわけではない。健康余命については、ヨーロッパ内でもさまざまで、男女間の差異と同様に各国の特性による。医療制度や社会保障のシステム、経済的背景、不健康な習慣（タバコやアルコールの摂取など）といったさまざまな要因が、両性をそれぞれ別様に、病気や障害にさらしているからだ。

男女で異なる病気の申告

男性と女性とが申告するのは、同じ健康問題ではない。アンケートでは、一般

22・自分の体についての自由な決定

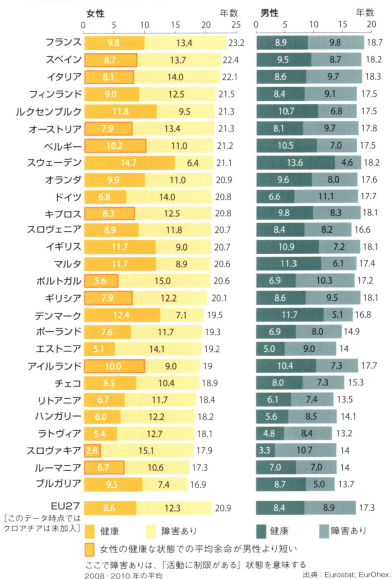

的に女性のほうが男性より多くの悩みを申告している。とくにその病気が、生活の質に重大な影響をあたえている場合だ。たとえば、骨や関節の病気や不安で気が

減入るといった症状である。

　男性が申告するのは、事故、血管心臓の疾患、あるいは癌といった、日常生活に支障をきたす危険もあるが、むしろ命を失う危険も大きいという性格の病気や障害であることが多い。男女によって申告する病気が異なるのは、生物学的特徴の違いにくわえて、生活環境の違いやそれぞれに特有の活動に起因する。

健康と生活環境、女性のライフコース、男性のライフコース

　家庭や職場での立場、健康を害する危険のある習慣の有無、ケアに頼るかどうかなど、男性と女性では異なり、それぞれが違った形で健康の危険にさらされている。たとえば、ほとんど資格を要求しないタイプの仕事は、女性にはくりかえし作業やきつい姿勢など、男性には肉体的重労働や夜勤などといった、異なるタイプの体を壊す原因となるような負担を強いる。そのため、単純労働者は男女とも健康余命がもっとも短いグループに入

る。仕事や家庭での感情的、社会心理学的環境（孤立、緊張、気がね）も要因となる。女性の場合、これらは、とくに仕事と家庭生活との折りあいをつけようとする際出会いがちな困難に結びついている。家事は、働いている女性もふくめ、女性がすることのほうがずっと多いからだ。

　このように、男女の健康状態の違いは、それぞれの日常の活動圏と、一生を通じての人生のすごし方から生じうるリスクに何度もさらされることから生じる。したがって、男女それぞれの活動とライフコースのなかに健康にかんする決定要因を特定することが、健康余命を伸ばし、不平等を減らすためにぜひとも必要だ。

　保険行政の範囲を超えて、これは社会問題でもある。体の機能が健全であることと自立は、生活の質や社会生活への参加と対をなすものだからである。

エマニュエル・カンボワ

24・自分の体についての自由な決定

子ども、ほしいなら、いつ？

避妊のおかげで、女性は子どもを産むかどうかの選択の自由を得て、「母となる運命」に服すことなく、望まない妊娠の心配をしないで性生活を送れるようになった。
　この自由は基本的な権利であり、女性の解放と自立にとってなくてはならない要素である。しかし、政治的、法的、社会的、医学的、物質的な制限を受けつづけている。

　子どもの数を制限する女性がしだいに増えている。今日、世界全体では子どもの数は平均して2.5人だが、実際には国によって大きな開きがある——もっとも子だくさんのニジェールの女性が7.6人に対し、もっとも少ないボスニアの女性は1.2人。地域でいえば、もっとも高いのはサハラ砂漠以南のアフリカと近東であり、ヨーロッパがもっとも低い。
　女性が子どもの数を制限するのは、さまざまな理由による。女性の教育の機会や雇用の機会が拡大したおかげで、参加が容易になった活動をしたり、社会的役割を果たしたりするため、家族によりよい生活環境を提供するため、貧困を避けるため…それだけでなくときには公の干渉による場合もある。人口が増えすぎた国々では20世紀後半、出生率を制限する政策が展開された。逆に、国によっては、子どもを産むことを奨励するため、

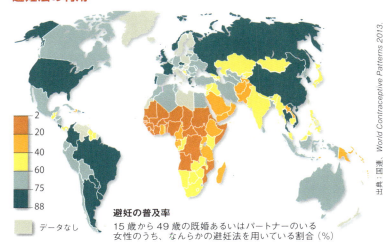

避妊法の利用

避妊の普及率
15歳から49歳の既婚あるいはパートナーのいる女性のうち、なんらかの避妊法を用いている割合（%）

出典：国連、World Contraceptive Patterns 2013.

経済的支援や家庭と仕事の両立に有利な政策を提供している。フランスでも家族手当、とくに乳幼児をベビーシッターなどに預ける費用の補助、幼稚園無償化などの政策をとっている。

女性の責任

　妊娠をコントロールするためには、避妊できることが最重要である。世界中の既婚女性の3人に2人がなんらかの避妊手段を用いているが、伝統的な方法（定期的な禁欲や膣外射精）は後退し、しば

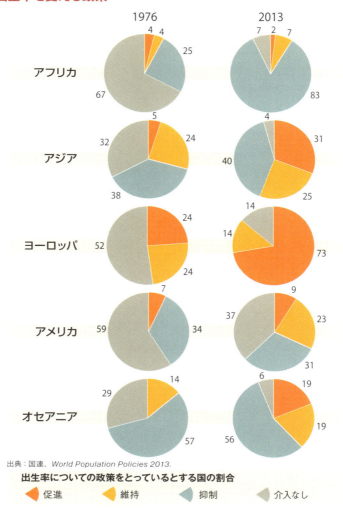

出生率を変える政策

出典：国連、*World Population Policies 2013.*
出生率についての政策をとっているとする国の割合
促進　維持　抑制　介入なし

しば医療がからんだ現代的な方法に道をゆずっている。フランスでは、近年減少しつつあるとはいえ、まだピルが支配的である。医師団によって理想的とされたピルは、コンドームの普及よりも後になって登場したものであり、その後には、すくなくとも一度は妊娠経験のある人を対象に処置される体内避妊具が続いた。しかしこれはどこにでもあてはめられる図式ではない。アメリカ大陸の多くの国では、女性の不妊手術が大量に行なわれている。逆に、日本やロシアなどでは医療に関係しない方法が一般で、男性のコンドームが主流である。また、サハラ砂漠以南アフリカでは、いまだに伝統的な方法がもっとも多い。だが、共通の特徴といえるのは、ほぼ世界のどこでも、避妊の責任は女性にあるということだ。女

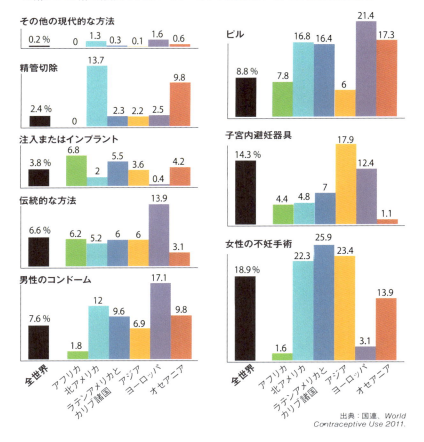

避妊の方法
15歳から49歳の既婚あるいはパートナーのいる女性が用いている方法の地域別割合

出典：国連、*World Contraceptive Use 2011.*

性の不妊手術と反対に、男性の不妊手術（精管切除）は、イギリス、ニュージーランド、カナダを除いてまれである。

制約のもとの自由

　子どもを産むかどうかの選択をし、避妊することは、今日では国連で認められたリプロダクティブ・ライツ（生殖にかんする権利）の重要な一部となっている。そして2013年には、80％の国々が避妊促進に直接参加していた。こうした合意は、性と生殖を切り離し、女性を「母となる定め」から解放することをめざす、フェミニズムの要求の成果だった。それだけでなく、これは健康への配慮に裏打ちされている。妊娠の回数を減らし、間隔を置いて出産することは、母親と子ども両方の健康を改善することにつながるからである。いくつかの発展途上国においても、ようやく人口政策や家族計画プログラムが促進されるようになった。

　しかし、避妊手段利用への抑制は多岐にわたり、実際は、女性の子どもを産むかどうかの選択の自由は制限を受けている。それぞれの社会で、社会規範と法律

の見地から、避妊できるグループを規定しているのだ。独身者や子どものいない女性はしばしば除外される。宗教の問題がさまたげになることもあるし、また子どもがたくさんほしい、あるいは婚外での妊娠の危険から解放された妻の浮気をおそれる夫が反対する場合もある。さらに避妊薬や規格どおりの処方を提供されても、それがつねに女性の要求や好みに合うとはかぎらない。さらに物理的な障害も完全にはとりのぞかれていない。供給がまったくない、あるいはほとんどない、あるいはあまりに高額であるとか、避妊薬を買う場所が非常に遠方であるとか…。こうした障害のせいで、避妊できなかったり、使用を中断したりすることで、望まない妊娠にいたりかねない。反面、中国やインドのような国では、強制的家族計画政策によって、避妊が強要された。女性の産む産まない選択の権利は、たしかに大きく前進したが、まだ全員には保証されてはいない。

キャロル・ブリュジェイユ

28・自分の体についての自由な決定

中絶の権利

中絶が合法であるとき、一般に女性にとって衛生的で危険のない条件で実施される。だが非合法である場合、女性の健康、さらに生命は重大な危険にさらされることになる。毎年、2000万件以上の中絶処置が、女性にとって安全とはいえない条件で行なわれている。

中絶処置は、合法である場合、一般に資格のある医師によって、確かな技術で、衛生的かつ適切な環境で実施される。非合法である場合は、資格のない人物、ときには本人自身によって、危険な方法でひそかに行なわれるため、重大な結果をまねくことがしばしばある。世界保健機構（WHO）によると、2008年に2000万件の中絶が悪条件のもとで実施されて、4万7000人の女性が命を落としたが、その人数は世界の妊娠関連による死者の13パーセントにあたる。

中絶の権利の段階

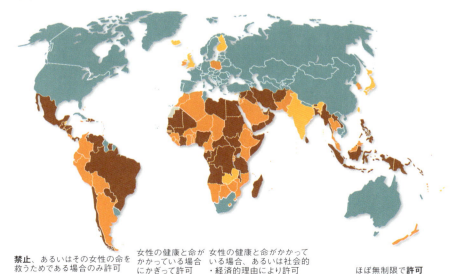

禁止、あるいはその女性の命を救うためである場合のみ許可

女性の健康と命がかかっている場合にかぎって許可

女性の健康と命がかかっている場合、あるいは社会的・経済的理由により許可

ほぼ無制限で許可

アフリカおよびラテンアメリカの多くの国の法律は、中絶を禁止している。しかし、中絶率——公式の統計がないため推定でしかないが——は、それらの国々において世界でもっとも高い。逆に、一般的に中絶が合法である北アメリカやヨーロッパでは、中絶率は比較的低い。東欧では早くから中絶が合法だったが、これは避妊法の利用が長年限定されたものだったことを背景に、中絶処置が行なわれることが非常に多かったことを物語っている。

多くの女性に対して拒絶されている権利

だが、中絶についての法律は決して寛大ではない。ほぼ決まって認められる理由が、1つだけある。それは、その女性の生命が問題となるときだ。強姦、近親相関、胎児の奇形等のような保健衛生上の理由で認める国もある。要望による中絶を認めている国は少数派で、先進国では4分の3以下、発展途上国では6国に1国である。まれなケースでは（中国とインド）、中絶が、出生を制限するためとの口実で、母親の同意を得ずに、しかもしばしば妊娠後何か月もへてから行なわれたことさえあった。

中絶の理由が正当だと認められても、一般に、合法な妊娠期間中でなければならない。また実施にあたって、行政機関、保健機関、配偶者、未成年の場合は親などの許可が必要とされる場合もあるが、そうなると女性は、実際にはかならずしもこの権利から利益を得ることができなくなる。たとえばラテンアメリカで

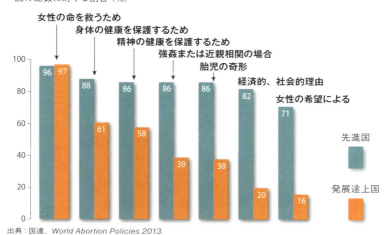

中絶が合法とされる理由（国の開発レベル別）

出典：国連、*World Abortion Policies 2013.*

は、強姦や近親相姦の被害女性——少女であっても——に対して一様に、しばしば宗教上の理由や医療機関の方針に合わないという理由で、中絶処置が拒否されている。

…あいかわらず論争のなかで

中絶をめぐっては、いまも熱い議論が続いている。合法化賛成、反対とも、法律の領域と同時に健康、倫理、道義、宗教の領域にふみこみ、また胎児の権利の問題とも密接に結びついてる。

2つの流れが対立している。合法化に反対する人々は、妊娠と同時に「生まれる権利」が発生することを説いて、胎児の権利を擁護する。このように刑法や憲法で基本的な権利として、妊娠と同時に胎児の人権を認めている国（メキシコなどは州による）もある。逆に、中絶合法化を支持する人々は、女性の自分の体を処分する権利、子どもの数と出産の時期を決定する権利（リプロダクティブ・ライツ）を擁護している。

中絶の権利は、20世紀のあいだに、しばしばフェミニストたちの闘いのはてに、力づくで手に入れられたが、どこに

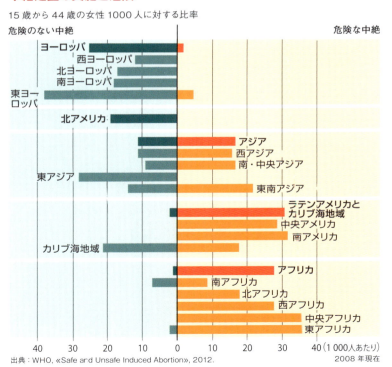

中絶処置の実施と危険

出典：WHO,《Safe and Unsafe Induced Abortion》, 2012.
2008年現在

おいても最終的に獲得されたとはいえない。アメリカ合衆国の、テキサスやオクラホマといった多くの州、ラテンアメリカのいくつかの国、あるいはポーランドなどではその利用を一律に制限し、さらには禁止しようとしている。イタリアでは、「良心の反対」という標語のもと、徐々に多くの医師が処置を拒否するようになった。2013年末には、欧州会議が、中絶の権利を「人権」のランクに引き上げるという提案を否決した。

重い結果

しかしながら、法律による中絶の禁止は、中絶の実施をさまたげるものではない。合法的に妊娠を中絶できない女性は、健康の危険と刑罰（収監、罰金）の両方にさらされるが、妊娠をひき起こした張本人である男性は、なんのとがめも受けない。また、中絶の禁止は不平等もひき起こす。非常に恵まれた境遇の女性は、妊娠中絶のために私立の医院あるいは隣国へいくこともできる。だが、貧しい女性たちは非合法の中絶処置を受けるしかない。効果的な避妊をだれもがもっと利用できることだけが、望まない妊娠を減らし、中絶の数を減らすことができるだろう。

アニェス・ギヨーム

32・自分の体についての自由な決定

産むこと、命を失うことなく

子どもを産むことは、何世紀ものあいだ、女性の命にとってほんとうの危険を意味していた。フランスでは革命前のアンシャン・レジームの時代、ほぼ女性の5人にひとりが産褥死していたようだ。妊産婦死亡は、今日かなり減ったとはいえ、いまだに全世界で毎年28万人の女性が、子どもに命をあたえつつ自分の命を落としている。

明らかな改善がみられるにもかかわらず、子どもを産むことは、あいかわらず危険をともなう体験である。1990年には、10万人の出生に対して400人が死亡している。2013年には、10万人の出生で210人が同じ運命をたどったが、47パーセントの減少である。進歩はアフリカでもっとも遅く（39％減）、あいかわらず10万人の出生に対して500人という最高の人数を記録している。反対に、進歩がもっともいちじるしい地域の1つであるヨーロッパでは（61％減）、2013年における妊産婦死亡は10万人の出生で17人だった。変化がもっとも迅速だっ

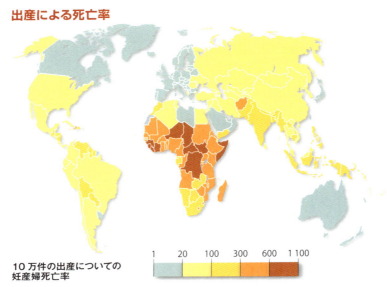

出産による死亡率

10万件の出産についての妊産婦死亡率

出典：WHO, *World Health Statistics 2014*.

たのは東南アジアと西太平洋地域（68％減）で、その推移はそれぞれ10万人の出生に対して590人から190人、140人から45人だった。それぞれの地域内

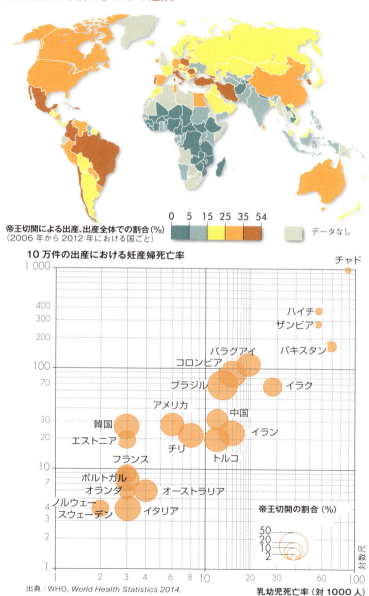

帝王切開と母親と子どもの危険

出典：WHO, *World Health Statistics 2014*.

にも差がみられる。妊娠期と分娩時に医療の援助がどれだけ受けられるかが、この差が生じる鍵をにぎっている。

医療援助の大きな不均衡

世界保健機関（WHO）は、妊産婦に対し出産前にすくなくとも4回検診を受けることを薦めている。ところが、5人にひとりは妊娠中1度も医療機関を訪ねることがないし、4回あるいはそれ以上検診を受けているのは5分の3、医療関係者が立ち会う出産は72パーセントにとどまる。とくに農村部の女性は不利な状況にあり、出産時に都市部では84パーセントが資格のある医療関係者が立ち会うのに対して、農村部では53パーセントにすぎない。

このように出産の環境にはいちじるしい不平等があって、一定の場合には、伝統的な施術師、家族や共同体の一員が立ち会うことになる。しかし、分娩をどのようにするかは、医療機関に行くかどうかよりずっと多様だ。どこで産むか（自宅、助産院、産院…）、補助するのはだれか（助産師、一般医、産婦人科医…）、医療援助によれば分娩のようすも変わり、母体の回復が多少なりと保証される。だが会陰切開術（分娩の際の会陰切開）には、この点で疑問がある。この施術を大量に行なうことは、とくに助産師から批

妊娠中のサポート

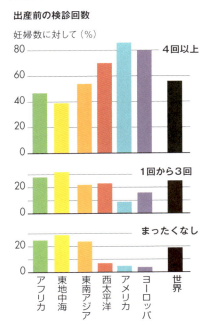

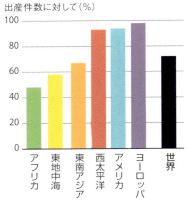

2006–2013年のデータ
ヨーロッパと西太平洋のみ 2005–2012年
出典：WHO, *World Health Statistics 2014.*

判されていて、その利点はかならずしも明らかでない。フランスでは、そのような事情もあって、1998年の51パーセントから2010年21パーセントとあきらかに減少している。ヨーロッパ全体では、国によってまちまちであり、デンマーク、アイスランド、スウェーデンでは10パーセント以下だが、ポルトガルやキプロスでは70パーセントを超える（2010年）。

帝王切開の流行？

　帝王切開も、医療文化の多様性を見せる一例で、妊娠中の医療、分娩、産後の回復の複雑な関係がからんでいる。世界規模で見れば、分娩の16パーセントは帝王切開で行なわれる。WHOは1994年に、母子の健康の点で最善の結果を得るためには、出生件数の5パーセントから15パーセントが望ましいと通告した。統計のある国々のほぼ4分の1ではこの数字に満たない一方、半数ではこれを超えている。帝王切開の率の低さは、一般に、理由として産科医療機関へのアクセスが困難なこと、結果として妊産婦死亡の多さに結びつく。ただ率が非常に高いというのも、女性の健康にとってどうしても必要かという観点が二の次にされた、過剰医療の可能性がある。帝王切開が増えれば、医師や保険医療機関の利益は多い。それを組みこむことによって、経営を効率化し、収益性を高めることができるからだ。また、帝王切開は経膣分娩より報酬がよく、合併症の苦情を抑えることもできる。それにくわえて「技術医療」文化と医師が受けた教育によって、外科手術が選ばれやすいという事情がある。帝王切開の選択は、女性の側からも提案される。苦痛を避けるため、経膣分娩の体への影響を避けるため、分娩の日時を計画的にするため、さらにはブラジルなどの国々では、避妊具の装着が容易になるという利点もある。ある国々、とくにラテンアメリカでは、1916年に［アメリカのE. B. Craginによって］提唱された「一度帝王切開をしたら、以後ずっと帝王切開が必要」という概念が、普及に大きな役割を果たしていて、「前に帝王切開をしている」ことが、また同じ処方をすることの、第1あるいは第2の理由となっている。帝王切開が命を救えることは確かだとしても、これも危険をともなう外科手術なのだ。このように、医療の助けを得られない女性もいれば、かならずしも自身と子どもの健康のためになるとはいえない過剰医療の環境で子どもを産む女性もいる。

キャロル・ブリュジェイユ

36・自分の体についての自由な決定

女性性器切除廃絶へ

女性性器切除（FGM）は歴史的にアフリカ大陸で行なわれていた。この慣習は、多くの国において衰退したとはいえ、何百万人もの女性が、生殖や性にかんする健康を肉体的にも心理的にも害されて、つらい後遺症に悩まされている。

女性性器切除でもっとも多いのは、事例の大部分を占める陰核切除（クリトリスと小陰唇前部の切除）と陰部封鎖（陰核切除にくわえて膣口をほぼ完全にふさぐ）である。

こうした身体の損壊は、非常に古くからあって、歴史的にアフリカ大陸の、大西洋岸からアフリカの角にまでの広い中央帯状地帯で行なわれてきた。また同様に、近東や東南アジアの一部共同体にもみられる。数10年前からは、西欧諸国におけるアフリカ出身の移民もかかわっている。世界中では、切除を受けた女性が約1億4000万人、性器を切除される危険のある少女が300万人いると推定される。この処置は一般に子どものときに行なわれるからである。

この慣習を正当化するためにあげられ

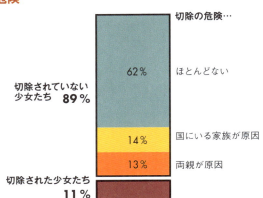

フランスへの移住という状況での性器切除の危険

切除の危険…
- 62%　ほとんどない
- 14%　国にいる家族が原因
- 13%　両親が原因

切除されていない少女たち　89%
切除された少女たち　11%

調査対象：切除が行なわれている国出身の女性の娘たち

出典：アンケート「切除と障害（Excision et handicap）」、2007-2009年。

2007年と2009年のあいだ、移民の女性あるいは移民の娘たち3000人が、「切除と障害」（ExH）調査の一環として質問を受けた。そのなかの973人は切除が行なわれる共同体の出身で、633人が子ども時代に性器切除されていた。その女性たちの娘の11パーセントだけがアンケートの際すでに削除されていた。

女性器切除の対照的な分布

女性器切除は、歴史的にアフリカ大陸の一部に限定して行なわれているが、その率は国によって大きく異なる。

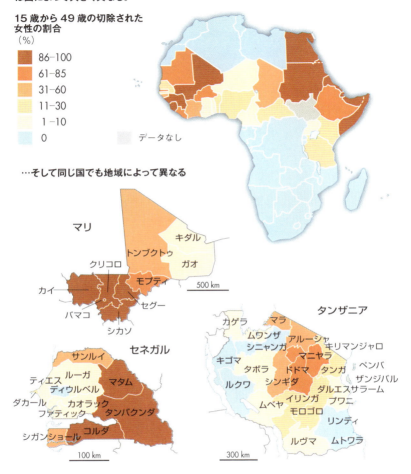

る、宗教上あるいは社会的なさまざまな理由とは別に、女性性器切除は、女性の体やセクシュアリティの上に男性や年長者の支配を確保するという面がある。潜在的には奔放であると考えられている女性の感受性とセクシュアリティを制御す

ること、結婚前は処女性を保ち、そして結婚してからは確実に貞操を守るようにすることを目的とし、また、少女たちが女性、それから妻、そして母という身分を取得できるようにする通過儀礼だとする。クリトリス（陰核）はまた、よく女

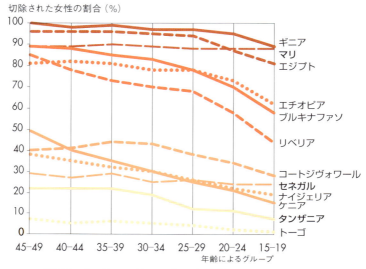

世代によって切除が減少する傾向は、背景によって非常に異なる

出典：Enquêtes démographiques et de santé (EDS),
Enquêtes à Indicateurs multiples (MICS), 2002-2011.

性における男性的な部分とみなされるため、女らしさを体にきざみこみ、子どもを産むという役割を果たすためには、取り除かれなければならないというのだ。切除の方法は国ごとだけでなく、同じ国のなかでも共同体によっていちじるしい違いがある。

しだいに強まる禁止への動き

女性性器切除が、国連人権委員会で問題とされたのは1952年だが、それまでは「慣習にもとづく儀式的手術」とみなされていた。世界規模でとりあげられるのは、1979年のWHOのセミナーを待たなければならなかった。その年になって、女性性器切除は人権侵害行為と認められたのだ。1990年代の終わりから、（1997年に、WHOや国連開発計画、ユネスコなどが合同で行なった最初の声明とともに）国際レベルでの動きが活発になったが、同様に地域レベルでも、2003年にはマプト議定書が、アフリカ連合の国々によって採択され、関係国にこの慣習撲滅のための対策をとることを命じた。アフリカの国々の大部分が、2000年頃からそのための特別法を採用した。しかし、法律の内容は国ごとに異なり、完全禁止から限定的禁止（年齢や実施の場所による）までさまざまである。ヨーロッパにおいては、この行為は刑事告訴の対象となりうる。

慣習は衰退しつつある

　アフリカの国々のすべてで、この慣習は徐々に放棄される傾向にあることが認められている。そのため年配の女性に比べ、若い世代の女性のFGMは減った。教育のレベルが決定的な役割を果たしていて、減少がもっとも目立つのは、もっとも教育を受けている家族においてである。

　法制化が重要なステップであったとしても、それだけでは不十分で、たえず防止対策と注意喚起の活動が必要である。こうした活動が容易になる状況がある。慣習が一般的なものではない都会の環境やほかの地への移動したときである。そこで別の人々と出会うことで、社会規範が緩和される可能性がある。他方、男性も女性も、しだいに多くの割合で廃止に賛成を表明するようになった。だが、それは相対化して考えなければならない。この慣習は今日、どの地域でも断罪され

ているので、賛成意見を述べるのはよりむずかしくなっているからだ。

　目標がほんとうに実現されるには、おそらくまだ数十年かかるだろう。こうした変化がみられるようになったからといって、今日なお何百万人もの女性が、性生活や出産において、FGMの後遺症に悩まされていることを忘れてはならない。2006年に出版されたWHOの研究結果は、アフリカ諸国では、FGMを受けている女性の難産が多いと報告している。陰部封鎖は、出産の際、帝王切開や会陰切開が必要となるリスクが高く出血の危険もある。その結果、新生児にも重大な影響をもたらすことになる。性器切除や陰部封鎖を受けた母親の新生児は、出生時に蘇生術を受けるケースが多く、死亡率も高い。

マリー・レクランガン

40・自分の体についての自由な決定

性暴力

女性の声が少しずつ発せられるようになったため、性暴力――女性に対するほかの暴力のひとつでしかない――が、だんだん把握されるようになってきた。とはいえ、時代ごとの比較、世界の地域間での比較はむずかしい。データが少なく、この暴力をどう定義するかと同様、どのように認識するかが、一様でないからだ。

国連は女性に対する暴力を「女性に向けられた、身体的、性的、もしくは心理的な危害または苦痛となる、あるいはそうなるおそれのあるあらゆる暴力行為」

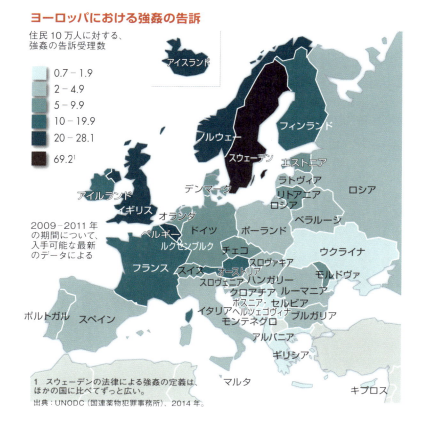

ヨーロッパにおける強姦の告訴

住民 10 万人に対する、強姦の告訴受理数

- 0.7 – 1.9
- 2 – 4.9
- 5 – 9.9
- 10 – 19.9
- 20 – 28.1
- 69.2[1]

2009–2011 年の期間について、入手可能な最新のデータによる

1 スウェーデンの法律による強姦の定義は、ほかの国に比べてずっと広い。
出典：UNODC（国連薬物犯罪事務所）、2014 年。

と定義している。

女性が犠牲となっている暴力をめぐる女性たちの要求は、1970年代の終わり頃から、とくに1979年とその後の1993年にそれぞれ国連で採択された、「女子差別撤廃条約」と「女性に対する暴力撤廃に関する宣言」のおかげで、国際機構に反映されるようになった。1995年に北京で行なわれた第4回世界女性会議の行動綱領は、「家庭内のものであれ地域社会で起きるものであれ、または国家が犯す、あるいは国家が容認するものであれ、暴力的行為または暴力のおどしは、女性の生活に恐怖や不安をそそぎこみ、平等の達成をはばみ、開発および平和の障害となっている。嫌がらせをふくむ暴力の恐怖は、女性の機動性をたえず制限し、資源および基本的な活動へのアクセスをさまたげている。女性に対する暴力は、個人および社会に、社会的、健康的、経済的な高い代償を支払わせるものだ。女性に対する暴力は、女性を従属的な立場においている、社会の主要な仕組みのひとつである」と明言している。

女性は性暴力のおもな対象となっていて、出典によって異なるが、犠牲者の75から95％を占める。こうした暴力は、接触、強姦、強姦未遂、売春の強制、職場におけるセクシャル・ハラスメントなど、さまざまな形をとりうる。すべての年齢の女性に対し、あらゆる場面で（公共の場、職場、学校、家庭、親族内など）、起こる可能性がある。加害者が、近親をふくむ家族、友人仲間、同僚、上司など、犠牲者が知っている男性であることも非常に多い。フランスでは、2008年、女性の20.4％、男性の6.8％が性暴力を受けたことがあると申告している。

夫婦間の暴力（ドメスティック・バイオレンス）

すくなくとも生涯に一度は、夫から性的あるいは身体的暴力を受けたことがある、と申告する女性の数
推測（％）
- 16 – 25
- 26 – 35
- 36 – 42
- 65

出典：WHO, «Global and Regional Estimates of Violences Against Women:Prevalence and Health Effects of Intimate Partner Violence and Non-Partner Sexual Violence», 2013.（女性に対する暴力の世界的、地域的推定――パートナーによる身体的・性的暴力あるいは非パートナーによる性的暴行の横行とその健康への影響）

フランスにおける性的暴行

強姦と性的暴行にかんする告訴
年ごとの受理件数

性的暴行の加害者
フランスにおける18歳から69歳の女性が最初の強制的性関係をもった相手（2006年）

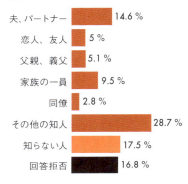

出典：フランス内務省、1974-2008年、国立軽罪処罰監視機構（ONDRP）、2009-2013年。

出典：家族組合連盟（CSF）、2006年。

難しい評価

　性暴力の規模を測定すること、ましてや国同士で比較をすることは、とくにさまざまな拘束によって犠牲者の発言が制限されているだけでなく、暴力の定義がどの地域でも共通というわけではないことを考えれば、慎重さを欠いた行為だといわなければならない。アンケートや告訴の記録から見積もられた暴力では、受けた暴力を申告するという犠牲者の傾向はわかっても、その国で実際に起こっているレベルを知ることができない。EUのように社会的・経済的・法的に比較的同質の地域においても、訴えの率はかなりのばらつきを見せていて、たとえばギリシアの住民10万人について1.5件に対して、ベルギーでは28.1件である。強姦や性暴力の法的定義もまた、国によって違う。たとえば、多くの国で、強姦は1人または数人の男性によって1人の女性に強要された性関係で、妊娠の可能性のあるものである、と考える。国内法で夫婦間の強姦を認める例はほとんどない。フランスでそれが明確に認められたのは1980年になってからで、最初の有罪判決が出たのは1994年である。暴力の概念も世界各地で非常に異なる。高所得の西欧の国々では、性暴力がほかの国々より高い比率を示している。これは、犠牲者に訴えの手段や機会が多いことと、より質の高い測定方法があることの、両方によるだろう。所得が中程度または低い国々でも、その数値の差は、女性の権利がどれだけ認められているかということや、女性たちの生活環境と同時に、女性のセクシュアリティに厳しい社会的規制にも関係する。

被害者の言葉を明るみに出す

　法律に訴えることとは別に、性的暴行の被害者が自分の経験を語れるということも大きな問題として残っている。被害者の女性は、ふるまいや服装に落ち度があったせいでそのような暴力をまねいたと言われ、非難されることが少なくないからだ。姦通や性的倒錯であるとしてとがめられることもある。強姦の結果、妊娠したときなどはなおさらだ。そこで性的暴行を公にすることによって傷つく危険があるため、非常に多くの被害者が、自分のこうむった被害を隠す結果となる。

　それでも時代の流れとともに、とくに西欧の国々では、申告する例が増えている。女性の生活環境がよくなり、被害者に有利な法律の採用、関心を喚起するキャンペーンなどのおかげで、告訴したり、被害体験を語ったりする被害者の割合が増えているのだ。フランスでは、たとえば強姦の告訴は、1980年代初めの年間約1000件から、2000年代には、約10倍まで増えた。この増加は、強姦の件数が増加したことではなく、女性が警察へ届け出る力を増したことを表している。

　　　　　　　　　アリス・ドゥボーシュ

フェミサイド(女性殺し)——女性に対する憎悪による犯罪

1970年代に北アメリカのフェミニストたちによって使われた言葉「フェミサイド(女性殺し)」は社会学者ダイアナ・ラッセルとジル・ラドフォードによって1992年定義され、男性によって、女性であるという理由で犯される、女性に対する殺人を意味する。これは、人種差別や反ユダヤ主義の犯罪があるように、女性に対するヘイトクライムの存在を明らかにするものである。

今日では、「フェミサイド」という言葉は、WHOや国連でも、行為者の性的意図を証明できるかどうかとは無関係に、すべての女性殺しを表すのに用いられている。そのため、胎児が女子の場合の選択的中絶、あるいは生まれてすぐの嬰児殺し、親戚のメンバーによる「名誉の犯罪」としての女性殺害、あるいは持参金がからんだ殺人、夫やパートナーによる殺人(「インティメート・フェミサイド」とよばれる)までふくむ。また、戦争時における女性を対象とする組織的な殺人、あるいは性的暴行と結びついた、ときに売春組織に結びついた「セクシャル・フェミサイド」もふくまれるが、それにとどまらない。追いつめられてする自殺も考慮する研究もある。夫の暴力に耐えかねて妻が自殺するのは、「隠れた」殺人にほかならないからだ。

フェミサイドの文化によるヴァリエーション

フェミサイドのさまざまなタイプのうちどれが多いかは、世界の地域によって異なる。名誉殺人は、おもに中東や南アジアで行なわれ、法律は加害者を擁護し、性的モラルにそむいたとされる女性を罰する。女性の婚前・婚外交渉、未婚での妊娠、あるいは強姦の被害者、さらには近親相姦の被害者であっても、そうした行為について女性に責任があるとされる。インドやパキスタン、バングラデシュでは、花嫁の家族が提供した持参金が不十分と判断されたとき、女性が殺される。10億人以上が暮らしているインドでは、毎年、7600人から2万5000人という広い幅で、持参金に関係して女性がしばしば火刑による方法で殺害されているとみられる。この数字には、酸の噴射によって、顔を醜くされたり、重い障害を負わ

フェミサイド（女性殺し）・45

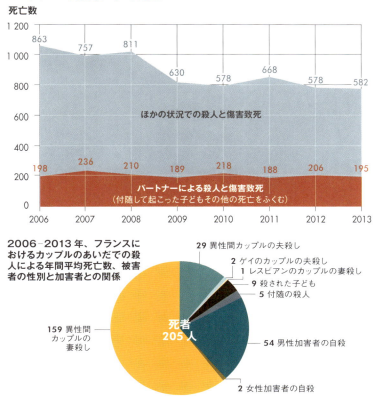

出典：カップル間暴行による死亡についての年間調査、フランス国立人口統計学研究所（Ined）被害者支援委員会（DAV）

された女性は入っていない。2001年に出された別の推計では、やけどによる死者を10万7000人と言っているが、そのうち事故死はごく一部である。北アメリカにはまた別の特殊事情がある。シリアル・キラーや学校での銃乱射で、かならずしも女性だけが犠牲になるわけではないにしろ、加害者は「女性に復讐する」という動機で犯罪におよぶことが多い。

性的暴行に続いて行なわれる殺人は世界中のどこにでもある。2000年代の10年間に、メキシコとグアテマラ、とくにアメリカとの国境にあるシウダー・フアレスで、数百人の女性が殺されたことがあった。ところで、フェミニストたちがメキシコ政府にこの犯罪の解明を強く要求したことから、フェミサイドという法律上の概念が日の目を見た。

もっとも多く、もっとも目に見えない家庭内のフェミサイド

「ホミサイド（殺人）」という言葉は、

46・自分の体についての自由な決定

男女に区別なく人を殺すことに使われるが、その言葉は、人々に組織犯罪や報復、公共の場での暴力、強盗を想起させるだけで、家庭内での暴力、とくに夫婦間での暴力は目に見えないままだ。フランスでは、私生活でのパートナーによる女性殺しを報道するメディアは、一般に「家庭の悲劇」「別離の悲劇」などど名づけることで、暴力や殺すという行為の面はおおい隠してしまう。国連事務局が集めた世界における薬物と犯罪にかんするデータによると、殺人の80％の被害者は男性で、加害者も大部分は男性である。

フェミサイドは男性を対象とした殺人

ドメスティック・バイオレンスによる死亡

2006 年、住民 100 万人に対する、パートナーの暴力による男女の死者

	3－5.9
	6－9.9
	10－13.7
	20－37

推定

既知のデータ

フィンランド
スウェーデン
エストニア
ラトヴィア
リトアニア
アイルランド
デンマーク
イギリス
オランダ
ベルギー
ドイツ
ポーランド
ルクセンブルク
チェコ
スロヴァキア
フランス
スイス
オーストリア
ハンガリー
スロヴェニア
ルーマニア
ブルガリア
ポルトガル
スペイン
イタリア
ギリシア
マルタ
キプロス

出典：Marc Nectoux,「ヨーロッパにおける DV による推定死亡率」（IPV EU_Mortality, programme Daphne）, 2007.

ここにはパートナー、子ども、付随の殺人だけでなく、加害者の自殺、夫婦間暴力の被害者の自殺も考慮されている。データが十分でない、あるいはない場合は推測によった。夫婦間暴力の被害女性の自殺についてのデータはあいかわらずないので、たとえばフランスについては、全自殺者の13％が夫婦間暴力の結果であると見積もった。この数字は、「女性に対する暴力にかんする全国調査」をもとに入念に算出したものである。

とは、加害者と被害者の関係がはっきり異なる。概して男性が殺されるのは、見ず知らずの別の男による場合が多いが、大部分の女性は家族の一員、とくに夫やパートナー——たいていは男性——に殺されている。ヨーロッパで2008年から2010年のあいだに殺された女性は、大半が家族の手にかかっている。男性の場合は15％にすぎない。この比率は北アメリカにおいては、70％に上る。世界中のどこにおいても、こうした殺人はおもに夫婦間で遂行され、しばしばほかの人々もまきこむことがある。ヨーロッパでは、カップルのあいだで行なわれた暴力による死亡率のなかに、親しい交際相手（性的関係のあるなしにかかわらず、夫、元夫、愛人、恋人、拒絶された求婚者）による女性殺しだけでなく、妻によって殺された男性、同性のパートナー同士に起きた殺人、加害者の自殺（これについては警察のデータがないので推測値）、そして付随して起こった殺人（子どもや多くは介入した近親者たち、父親、母親、隣人、弁護士など）をふくめている。また夫婦間の暴力が原因での、被害者または加害者の推定自殺件数もふくま

れる。2006年EU27か国［この時点でクロアチア未参加］では、100万人に約7人がカップル内で男性によって行なわれた暴力のせいで死亡している。南ヨーロッパの国々では、北ヨーロッパあるいはフランスがある西ヨーロッパの国ほど多くなく、国ごとの違いはきわだっている。バルト3国は目立って自殺率そのものが高いので、夫婦間暴力による自殺の推定値が多少正確さを欠いている可能性がある。

フランスにおけるインティメート・フェミサイド

　フランスでは2008年から2013年に、カップル内での暴力にかかわる死が205件（子どもの死亡と付随の死亡もふくむ）起こった。それに加害者の自殺56件がくわわる。この数はこの期間わずかな変化しかなく、2013年には殺人と死にいたる暴力全体の30％となっているが、一方で、ほかの事情による傷害致死の事例は減少している。

クリステル・アメル

プライベートな領域

　家族やカップルのなかでの女性の人生は、進化をとげた。娘や妻への家系の支配がまだ残っているとはいえ、家父長制は地歩を失った。女性のセクシュアリティは、以前ほどには一様に結婚生活にしばられることがなくなり、私的領域での新しい生き方が提供されている。これは結局、完全な権利をもった一個人としての女性を認める動きであり、社会的役割が一概に夫とのかかわりで決まるものではなくなったことの現れだ。しかしながらこの進歩は全世界でも地域によって均質ではなく、ときに激しい抵抗にあって、後退している場合さえある。

50・プライベートな領域

カップル形成前の性生活

まだ配偶者も決まった相手もいない時期に、最初の性体験をする女性がますます増えている。就学期間が長くなり、結婚が遅くなったことで、家族の影響力が弱まっているのだ。だが、それぞれの社会による差異は依然として大きい。

若い女性たちが結婚前から性活動をはじめることがますます多くなった。その傾向はほぼどの社会でも同じである。多くの文化圏では、依然として支配的な規範が、女性は性活動をはじめるのと結婚生活をはじめるのが一致することを奨励しているとはいえ、いくつかの連係した変化がこの趨勢をあと押ししている。なかでもまずいちばんの要因は女性の就学が飛躍的に伸びたことである。これによってほぼ自動的に結婚年齢が遅くなる。カップルの形成がますます変則的で遅くなることが、性生活と結婚生活のはじまりが同じでなくなる傾向を助長する。こうして若者に対する大人たちの直接の監督はゆるんではいるが、若い女性の性生活には、あいかわらず社会の強い懸念が向けられている。性活動の結果はつねに男性より女性のほうに重く、これは避妊法があまり用いられていない国だけでなく、それがふつうに利用されている国においても同様だからだ。異なる社会間で比較してみると、それぞれの事情による若い人々のセクシュアリティの構造の違

いとともに、つねに女性に不利となる両性間の非均衡な関係には変わりないことがわかる。

アフリカとインド──女性は非常に早くから性生活をはじめる

いくつかの地域、とくにサハラ砂漠以南アフリカ（たとえばマリ、ブルキナファソ、エチオピア）やインドなどにおいて、親や家族は、伝統的に、娘が早く結婚し、性生活と生殖活動をはじめるのが遅くならないことを望んだ。そのため女性が性生活に入るのは、結婚可能な最低年齢に近く、男性よりかなり早かった。この10年で、結婚年齢は少しだけ先に延ばされ、女性が性活動をはじめる時期も少し遅くなったが、結婚前の性活動時期はまだ短い。性活動と生殖をはじめる時期の伝統的なリンクも続いていて、たとえば、思春期の予期せぬ妊娠という形であらわれる。

結婚時の処女性

ほかの文化圏、とくにラテン系文化圏、

アラブ世界をふくむ地中海地域では、伝統的に男性の性活動の開始が早いことを奨励する一方で、女性のほうは遅く、処女性を結婚のときまで維持すべきだとしていた。それで青年たちの多くが売春にはけ口を求めた。ここ数十年の変化のおかげで、ラテン系文化圏でも、若い女性の性活動の開始が少し早まった。だがカップルの女性の側の役割となっている、現代的な避妊法利用のできる状況をつねにともなっているわけではない。アラブ世界では、結婚年齢がかなり上がったという状況のなかでも、結婚前のセクシュアリティに対する非難は根強いため、若者たちのあいだでは、挿入なしの性交渉が広がっている。

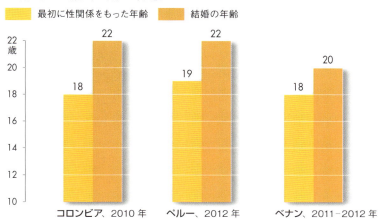

性生活と教育レベル
25歳から49歳までの女性の中央値

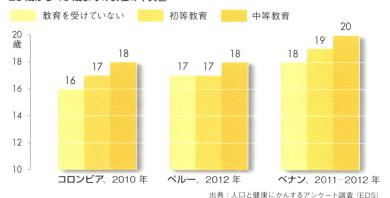

教育レベルごとの最初に性関係をもった年齢、
25歳から49歳までの女性の中央値

出典：人口と健康にかんするアンケート調査（EDS）

52・プライベートな領域

世代による、最初に性関係をもったときの年齢

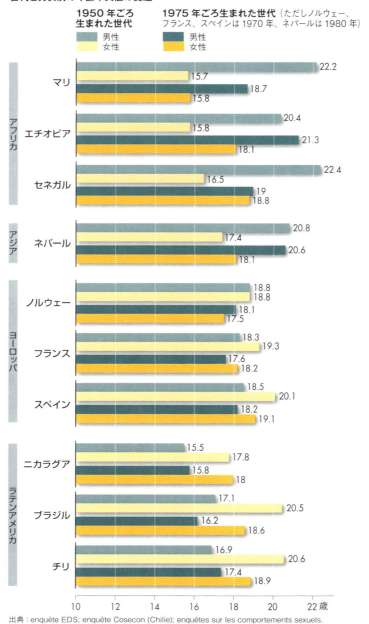

出典：enquête EDS; enquête Cosecon (Chilie); enquêtes sur les comportements sexuels.

その他の文化、たとえば東アジア（シンガポール、ベトナム、中国、スリランカ）の文化は伝統的に、男女とも性活動の開始を遅くし、思春期のだいぶあとまで、結婚と一致するように抑制させる。男性もふくんだ若者の行動を枠にはめることがよくみられたこれらの国々では、ここ数十年に結婚年齢がさらに上がったことで、おそらく男性が売春に頼るのを奨励する結果となり、そのため男性は性活動をはじめるのが女性より早くなっている。

西欧の国々──若者の性活動の時期が長くなった

ヨーロッパやその他の先進国における、性活動の開始は、カップル形成の時期が遅くなった状況のなかで、すでに数十年前から男女とも思春期の終わる16歳から18歳のあいだとなっている。避妊手段はいまや、性活動の開始とともに用いられ、生殖とセクシュアリティとカップルの生活とがはっきりと切り離された。若い人々の性体験は、今日、男性にとっても女性にとっても、性活動の開始と結婚生活の開始時期との長い間隔に特徴づけられる。だが、性活動の結果をコントロールする責任は、あいかわらずほぼ女性だけにかかっている。

性活動の開始は、伝統的に、男性にとってより女性にとっての束縛となるという性格をもつ。予期せぬ妊娠は、男性より女性にとって、人生へ重大な影響をおよぼすからだ。現代的な避妊法が普及している国々においても、責任を引き受けるのは女性である。大人との関係で若者の自立性が高まり、結婚前の性活動の開始についても同様なのが全世界の傾向だが、そのことで女性の行動の枠が少し広がっているとしても、この状況が変わったわけではない。

ミシェル・ボゾン

54・プライベートな領域

女性の同性愛、認知と不可視性

　1980年代から法整備が進んで、おもにアメリカやヨーロッパでは、女性同士のカップルも、その結合が法的に存在するものとして認められることが可能になっている。この変化は、私生活における性のあり方として女性の同性愛を認知するものではあるが、女性の同性愛は、社会的にはまだあまり目につくものではなく、全世界において多様な形での抑圧の対象であることには変わりがない。

　同性愛は、全世界において目に見えるものとなった。この変化は多くの要因によって説明できるが、まず1970年代からとくにアメリカで広がった活発な運動、そしてほとんど世界全域におよぶエイズの流行で、とりわけゲイの人々が犠牲になったことがある。この可視性は、男性であっても女性であっても同性同士のカップルが法的に認められるようになったことでいっそう進んだ。1980年代の終

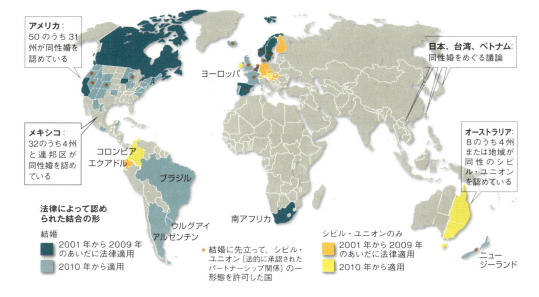

同性婚の承認

アメリカ：50のうち31州が同性婚を認めている

メキシコ：32のうち4州と連邦区が同性婚を認めている

ヨーロッパ

コロンビア
エクアドル
ブラジル
ウルグアイ
アルゼンチン
南アフリカ

日本、台湾、ベトナム：同性婚をめぐる議論

オーストラリア：8のうち4州または地域が同性のシビル・ユニオンを認めている

ニュージーランド

法律によって認められた結合の形

結婚
- 2001年から2009年のあいだに法律適用
- 2010年から適用

・結婚に先立って、シビル・ユニオン［法的に承認されたパートナーシップ関係］の一形態を許可した国

シビル・ユニオンのみ
- 2001年から2009年のあいだに法律適用
- 2010年から適用

わりから1990年代にかけて、スカンディナヴィアの国々からはじまった法的認知は、最初、特別に同性のカップルに向けた「登録パートナーシップ制」の創設にあった。2000年代からは、なんらかの制限をされていることはあっても、婚姻や新しい形での姻戚関係を結ぶことが認められるようになったことで、新たな進展を画した。オランダ（2001年）、ベルギー（2003年）、スペインとカナダ（2005年）は、同性のカップルに結婚への道を開いたパイオニアである。以後、その動きはほかの地域、とくに南アメリカへ広がった。2010年代には、フランスなどで同性婚制度が創設されたのにくわえて、同性愛者の権利確認のために活動する組織や国際機構の影響を受けて、東ヨーロッパや多くのアジアの国々（台湾、日本、タイ、ベトナムなど）でも法制化の提案がみられるようになった。

生殖補助医療へのアクセスと親子関係の承認

多くの国において、今日の争点は同性愛者の姻戚関係である。同性婚が法律上認められている国々では、多かれ少なかれこちらも認められている。スペイン、ベルギー、オランダ、アメリカなどでは、

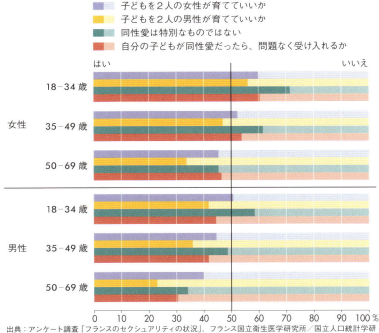

男性より寛大な女性

出典：アンケート調査「フランスのセクシュアリティの状況」、フランス国立衛生医学研究所／国立人口統計学研究所（Inserm-Ined）、2006 年。

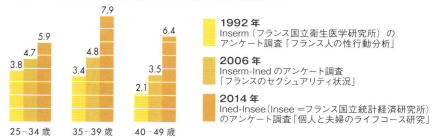

女性と性的関係をもったことがあるか
いままでに同性愛を実践したことがあると表明した女性の割合（%）

1992年
Inserm（フランス国立衛生医学研究所）の
アンケート調査「フランス人の性行動分析」

2006年
Inserm-Inedのアンケート調査
「フランスのセクシュアリティ状況」

2014年
Ined-Insee（Insee＝フランス国立統計経済研究所）
のアンケート調査「個人と夫婦のライフコース研究」

同性愛の女性も、独身であっても伴侶がいても、生殖補助医療が受けられ、2人の女性の両方が1人の子どもの母親と認められることが可能だ。反対に、フランスなどでは、生殖補助医療を得るためには国境を超えなければならない。このことは実際、女性間に不平等を生んでいる。この移動ができる手段をもつ女性と、自国の法律に従うしかない女性とだ。それに、法的に母親と認められるのはカップルの一方の女性のみなので、もう一方は養子縁組の手続きをとる必要がある。

世界各地に執拗に残る傷痕

家族法と平行して、各国は、性的指向にもとづく差別、とくに職業の分野での差別と闘うための法措置を講じた。国連総会は2008年、性的指向と性自認にかんする声明を採択して、差別撤廃を確認した。66か国が承認したが、同年に、それに反対する国57か国から反対提案がなされた。

実際、同性愛が罰せられることや同性愛的指向に対する差別は、数十年前から後退してはいるが、それが一般的になるのにはまだ遠い。一方で、判決の形で同性婚が承認された国で、この進歩が反対派の抵抗をひき起こしたため逆転する、ということが起こっている。2008年カリフォルニアで、あるいは2013年オーストラリアで、一度は認められた同性カップルの結婚への道が、その後すぐに取り消された［カリフォルニア州では2013年、オーストラリアでは2017年に合法化された］。また他方で、同性愛がいまも罰則の対象となり、さらには重罪とされつづけている地域もある。いくつかの国では、同性愛について罰金、収監、あるいはめったに適用されないとはいえ、一定の場合、死刑さえ規定している。その上、女性が一般的に私的領域に閉じこめられているような国々では、容易に公共空間に入りこめる男性に比べ、同性愛の女性にとって、事態はさらに苦しいものとなっている。

同性愛に対する嫌悪（ヘイト）

　この変化に対する反応として、同性愛嫌悪と異性愛主義（ヘテロセクシズム）［同性愛者に対する差別や偏見］が現れた。前者は同性愛に敵対する態度や行動であり、後者は異性愛に特権をあたえるセクシュアリティの序列をとりもどそうというものである。具体的には、同性愛嫌悪と異性愛主義は、レスビアンもゲイも異性愛者のものである重要な社会的役割には適合しない、と公然と非難する。だが、そうした非難も、男性に対するのと女性に対するのでは同じではない。女性の同性愛は大抵の場合人目につかないので、まるで瑣末的にしか存在しないかのようだ。彼女たちにとって迫害を受けていること（たとえば、安心して住める場所を求める場合など）を認めてもらうのは、ことさらにむずかしい。また女性のホモセクシュアリティは、ヘテロセクシュアリティの埋めあわせと認識されることも多い。こうした女性同性愛者嫌悪思想の特性は、結局男性支配という観点から理解される。つまり女性の同性愛は、男性抜きのセクシュアリティであって、社会的に否定されるべきものだというのだ。

ウィルフリエド・ロー

女性の結婚はますます遅くなっている

多くの女性は（男性も同じだが）結婚する。だが、どこへ行っても、その開始も結婚してからの生活も、男性と女性では異なる仕方で予定され、営まれる。たとえば、結婚の年齢、配偶者選択における好み、共同生活をどんな風にするか、破綻や別のパートナーの可能性…。

若いうちに結婚し、妻として母として自分を形成し、自分をそのようなものだと考える、こうした女性像がわれわれのイメージにしっかりと根をおろし、長いあいだ世界のほとんどの地域で支配的な地位を占めてきた。1970年代、世界の女性の半数以上が21歳までに、発展途上国では18歳6か月までに結婚し、初婚の年齢の中央値が24歳をすぎる国は数えるほどしかなかった。だが今日、その図はすっかりさま変わりした。大半の女性の結婚年齢が20歳以下であるのは、アフリカや南アジアのいくつかの国々だけになっている。ほとんどの国での中間値は24歳以上で、先進国では28歳に近い。世界全体では、1970年代には20.8歳だった女性の結婚年齢の中央値が、2009年ごろには23.7歳となっている。

結婚前の計画

女性の結婚年齢が高くなる1つの原因は、学歴の上昇と職業への期待である。西欧の国々では、女性も高等教育を受けるようになり、両親との同居期間が伸びたことが、ただでさえ遅い結婚年齢をさらに遅くしている。発展途上国において、問題になるのは初等教育だとしても、女性の就学率の飛躍的上昇によって、

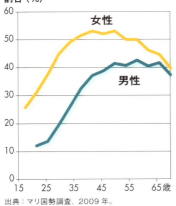

マリの一夫多妻
既婚の成人で一夫多妻の割合（%）

出典：マリ国勢調査、2009年。

女性の結婚はますます遅くなっている・59

結婚の年齢

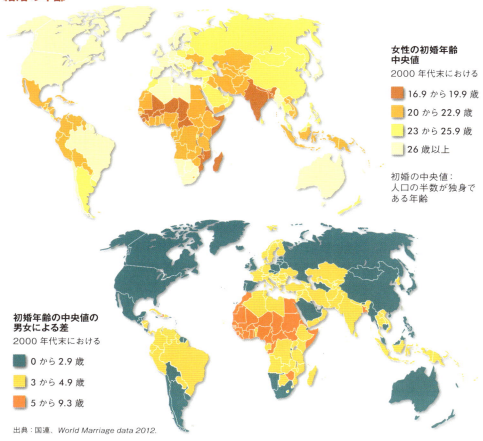

やはりあまりに早い結婚や、周囲が決めた結婚が疑問視されるようになっている。学校へ行くことで、家庭の外での自己形成、自己定義が可能になり、自分の生涯設計、とくに結婚や職業について考えることができるようになってきた。世界中のどこでも、結婚前の時期の延長が観察されるが、これは若い女性たちの、結婚や子どもを産むことと切り離した人生の時期と社会的地位の認識の証である。

また、若年の結婚による女性のセクシュアリティにかんする伝統的な統制が、緩和されてきたことをも意味している。

配偶者間での年齢差

男性は女性より結婚するのが遅い。これが国際的スタンダードとなっている。男性の初婚の年齢の中央値が女性の場合

より低い国は存在しない。世界全体で見ると、その差は3.5歳だが、地域によってかなり異なる。差がもっとも大きいのは、サハラ砂漠以南アフリカ、とくに西アフリカ（地域の中央値は7歳）である。結婚するときの年齢の差は、年齢の違う同士が結婚することとなって現れる。年齢は、カップル内に不平等を形成する、収入、学歴、体の大きさ、といったほかの要素とともに、とくに基準が明白な要素の1つである。年齢による上下関係が、性による上下関係とあいまって、女性をその配偶者に対して後輩の立場においている。

一夫多妻の算術

一部では、男性が一度に数人の妻をもつことができる国もあるが、そうすると結婚市場に男性より大勢の女性が必要となる。男女ほぼ同数のふつうの国に、このような不均衡は存在しない。一夫多妻制が行なわれている国では、結婚年齢の男女差が大きく、女性はより若い年齢から結婚するため、結婚適齢の年代の女性が男性より多くなる。そして女性は結婚の破綻の後すぐに再婚することとと、人口増加もまた一夫多妻制に二次的に貢献している。だが統計的に見れば、これは、既婚男性の3分の1以下の少数派によってある一定の時期、実践されているだけとなっている。

一夫多妻制の状況にある女性は当然男性より多い。たとえば西アフリカでは、既婚男性の4分の1が一夫多妻制であるのに対し、10人中4人以上の女性が、ほかの妻とともに暮らしている。そのような状態は年齢が上がるほど多く、マリなどでは、35歳から40歳以上の既婚女性の半数以上となっている。しかし、女性の初婚年齢が高くなり、夫婦間の年齢差が縮まるにつれて、大多数の国で一夫多妻制は減少している。

婚姻過程の多様性

男女の結びつきの形態はさまざまであり、さらに多様化しつづけている。ラテンアメリカやカリブ諸国には、昔から事実婚があり、一方でサハラ砂漠以南アフリカには、広く一夫多妻制が存在する。西欧の国々でも、今日、形式にのっとった結婚とならんで、過渡的、持続的をとわず、いくつもの結婚のあり方が多くの人々によって実践されている。同棲、半同棲、いっしょには住まない結びつき、国際カップル、異性または同性のカップル、民法上の結婚、内縁、民法上の契約（たとえばフランスではパックス）など、可能性はかなり広い。

結婚の破綻は、婚姻経過の多様性のもう1つの要素であるが、男性と女性では異なる重みをもつ。ヨーロッパの100組の婚姻のうち40組以上が離婚するとあって、結婚生活の中断に直面している人々が非常に多い。しかし、男性の場合、女性に比べて離婚後すぐに再婚することがしばしばだが、女性の場合は幼い子ど

もがいたり、本人の年齢がブレーキとなって、新しい結婚生活に入りにくいことがある。逆に西アフリカでは、再婚が至上命令で、子どもを産める年齢であるのに配偶者なしでいる女性はほとんどいない。

　もっと上の年齢層において、男女間を分けるのは、伴侶をなくしての一人暮らしだ。夫婦間の年齢差にくわえて男性の平均余命が短いため、配偶者をなくすのはおもに女性のほうである。フランスでは2010年、60歳以上の女性10人に4人が未亡人だったが、それに対し、妻を亡くした男性は10人中1人未満だった。

ヴェロニク・エルトリック

女性の姓

最近の公共政策は、姓の選択と継承にかんして、男女間のよりいっそうの平等の確立をめざしている。にもかかわらずヨーロッパの国々の大部分では、妻が夫の姓を名のり、子どもに継承するという慣行が支配的である。

結婚した女性が名のり、子どもに継承している姓を見ると、法律で許されていることと、社会一般で実際に行なわれていることとの落差がわかる。父権制の長い歴史のせいで、ほとんどどこへ行っても、父方の姓が優勢で、結婚すると妻もその姓となり、子どもに継承されることになっているのだ。

姓の帰属と継承の方法が法律に明記されたのは、かなり時代がくだってからのことだ。西欧の国々で現在も使われているような人名システムが確立されたのは、9世紀から15世紀のあいだで、親しいなかで個人を区別するよび名（多くの国ではこれが名前とよばれる）と、家族や家系との関係でその人を特定する家族の名前、つまり姓を組みあわせ、その人の譲渡不可能なアイデンティティの一要素となった。

フランスでは、家族の姓の継承と不変性の原則は、16世紀からの聖堂区記録簿への個人の［洗礼・婚姻・埋葬の］登録によって普及し、強化され、それがフランス革命以後は［出生・婚姻・死亡の］身分登録となった。

ヨーロッパにおける女性の姓

10人のうち8人の女性が結婚後も自分の姓を名のるスペインを除いて、ヨーロッパのほとんどの国では、今日大多数の女性が夫の姓を単独で、あるいは自分の姓とならべて名のっている。しかし、ある種の固定概念とは反対に、法的には結婚は妻の姓になんら影響をおよぼさず、公式、行政手続き（とくに身分証明）では、生涯、生まれたときの姓つまり非譲渡の姓で本人と確認される。したがって、結婚によって女性の姓が変わることはないのだから「旧姓［フランスでは娘時代の姓ともいう］」という表現は不正確だ。さらに結婚しない女性もいるのだから、よけい不適切である。

国によっては、配偶者のどちらも結婚によって、自分の姓あるいは相手の姓を使う権利が発生し、自分の姓にくわえてもいいし、自分の姓と取り替えてもいい。こうした姓の使い方は任意で、原則としてなんら必然的なものではない。結

女性の姓・63

フランスで、子どもたちに実際どの姓がつけられているか？

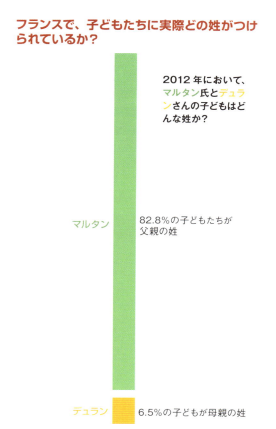

2012年において、マルタン氏とデュランさんの子どもはどんな姓か？

- マルタン: 82.8％の子どもたちが父親の姓
- デュラン: 6.5％の子どもが母親の姓
- マルタン・デュラン: 6.9％の子どもが、母親の姓をともなった父親の姓
- デュラン・マルタン: 1.6％の子どもが、父親の姓をともなった母親の姓
- その他: 2.2％の子どもがその他の姓*

＊とくに、一方または両方の親が複数の姓であるため
出典：Insee, exploitation des bulletins statistiques d'état civil de naissance, 2012.

フランスでは家族の名前（姓）にかんする2002年の法律（2005年発効）によって、子どもの姓の帰属制度が根本的に改革され、家族の名前という概念が従来の父称という概念にとって代わった。しかし、非常に多くの場合、両親は進んで、あるいは、とくに問題とすることなく父親の姓を選んでよしとしている。そこから、この法律によっても姓の継承にかんする慣習はほとんど変わらなかった、と結論づけたいところだが、もう少し広く見る必要がある。この法律についてはなんの広報活動もされなかったため、まだ多くの人にあまり知られていない。それに、社会の慣習はゆっくりと変わっていくものなのだ。

婚している人は、男女どちらであろうと、申請によって公式書類（パスポート、身分証明書、滞在許可証）に、生まれたときの姓にくわえて、結婚していることと、使用する姓を記載することができる。

それでも夫の姓を名のることが通常であり、一般的である。そして多くの国において既婚女性の大部分がこのような習慣に順応している。1993年から民法で結婚の際、夫と妻のどちらの姓を選択することも認められているドイツでも事情は同じだ。これは、妻たちが夫の姓であ

64・プライベートな領域

ヨーロッパにおける妻の姓、子どもの姓

ヨーロッパには今日、4種類の姓の継承法が存在する。もっとも自由なシステムは、個人にまったく自由な選択を許す（例：イギリス）。もっとも厳格なシステムは、父称のみの継承を規定する（例：イタリア）。この両極端のあいだに、父親または母親の姓の選択ができるシステムがある（例：ドイツ）。そして、選択制と双方システムが共存して、どちらか一方または両方の姓を選べる国がある（例：フランス）。

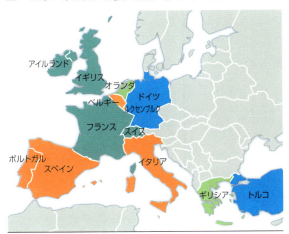

夫と妻の姓

- 法的に獲得した夫または妻の姓だが、大部分が夫の姓、トルコではすべて夫の姓
- 生まれたときの姓が維持され、女性の大部分がそれを使用
- 生まれたときの姓が維持されるが、大部分が夫の姓
- 生まれたときの姓が維持されるが、ほぼ全員が夫の姓

りたいというより、父親の姓を名のることになる子どもたちと同じ姓でありたい、ということによる。アンケートによると、とくに離婚した女性が元夫の姓を名のりつづけようと気遣うのは、子どもと同じ姓でいたいという願望と一体になっている。そこで、フランスにおける姓制度改革の第一段階として、子どもたちに母親の姓を名のること——継承はできなかった——ができるようになった（1985年12月23日法）。

姓の継承、男女間の平等措置

　姓の子どもへの継承の問題は、結婚後の女性の姓と本質的につながっている。

　ヨーロッパのいくつかの国々（たとえばドイツ、オーストリア、デンマーク、フィンランド）は、かなり前から女性の姓が子どもへ継承できる規定をしていたが、ここ10年、ほかの国々（フランス2005年、ルクセンブルク2006年、スイス2013年、ベルギー2014年）も父称への従属を終焉させる新たな法措置をとりはじめた。以後、夫婦には選択の自由が

郵 便 は が き

料金受取人払郵便

新宿局承認

4399

差出有効期限
2022年9月
30日まで

切手をはら
ずにお出し
下さい

1 6 0 - 8 7 9 1

3 4 3

（受取人）
東京都新宿区
新宿一ー二五ー一三

原書房
読者係行

1 6 0 8 7 9 1 3 4 3   7

図書注文書 （当社刊行物のご注文にご利用下さい）

書　　名	本体価格	申込数
		部
		部
		部

お名前　　　　　　　　　　　　　　注文日　　年　　月　　日

ご連絡先電話番号　□自　宅　（　　　）
（必ずご記入ください）　□勤務先　（　　　）

ご指定書店（地区　　　　）	（お買つけの書店名をご記入下さい）	帳
書店名　　　　　書店（　　　店）		合

5589

地図とデータで見る 女性の世界ハンドブック

| 愛読者カード | イザベル・アタネ／キャロル・ブリュジェイユ／ウィルフリエド・ロー 編

＊より良い出版の参考のために、以下のアンケートにご協力をお願いします。＊但し、今後あなたの個人情報（住所・氏名・電話・メールなど）を使って、原書房のご案内などを送って欲しくないという方は、右の□に×印を付けてください。　　　　□

フリガナ
お名前　　　　　　　　　　　　　　　　　　　　　　　男・女（　　歳）

ご住所　〒　　　－

市
郡
町
村
TEL　　　　　　（　　　　）
e-mail　　　　　　　　　　＠

ご職業　1 会社員　2 自営業　3 公務員　4 教育関係
　　　　5 学生　6 主婦　7 その他（　　　　　　　　　　）

お買い求めのポイント
　　　　1 テーマに興味があった　2 内容がおもしろそうだった
　　　　3 タイトル　4 表紙デザイン　5 著者　6 帯の文句
　　　　7 広告を見て（新聞名・雑誌名　　　　　　　　）
　　　　8 書評を読んで（新聞名・雑誌名　　　　　　　）
　　　　9 その他（　　　　　　　　）

お好きな本のジャンル
　　　　1 ミステリー・エンターテインメント
　　　　2 その他の小説・エッセイ　3 ノンフィクション
　　　　4 人文・歴史　その他（5 天声人語　6 軍事　7　　　　）

ご購読新聞雑誌

本書への感想、また読んでみたい作家、テーマなどございましたらお聞かせください。

女性の姓・65

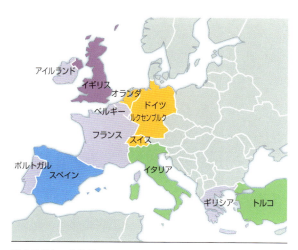

姓の子どもへの継承

■ 父親の姓のみ（父称システムのみ）

■ たんに父親または母親の姓（選択制）

■ 両親の姓、順序は選択できる（双方システム）

■ たんに父親または母親の姓、または両方（選択制と双方システムの共存）

■ すべての継承法が自由にできる唯一の国、父親または母親の姓、あるいは両方あるいはまったく異なる姓（自由制）

出典：États civils nationaux et Commission internationale de l'État civil.

あり、女性も自分の姓を子どもに継承できるようになった。

　　　　　ヴィルジニー・デクーテュール

50歳をすぎての性生活——いまだに平等ではない

高齢者の性活動は、統計上無視されてきたが、今日では調査の対象となっている。2006年に行なわれた「フランスにおけるセクシュアリティの状況」（CSF）のアンケート調査で、一般に考えられているのと違って、閉経後の女性にも性活動があることが明らかになった。これまで長年のあいだ、これがはっきりした限界点と思われていたのだ。

性活動が高齢まで伸びたことは、20世紀末における大きな変化の1つで、フランスやスウェーデンという少数の国が何度も調査を行なった結果、明らかになったことである。男女ともにかかわるこの変化は、まず医療の進歩によって健康ですごせる平均余命が伸びたことによる。また高齢者の生活環境がよくなっていることもある。そのおかげで女性は社会的にも経済的にもより自律的になり、自由な時間も増え、家族同士が集まるだけではない自由な社交を楽しめるようになった。しかしながら、女性は男性より長生きであること、ある年齢以降は伴侶を失って一人暮らしになることが多いこと、男性は若い相手を求める傾向があることなどから、高齢の女性の性活動は男性より穏やかなものとなっている。

性活動の期間は長くなった

異なる時期においてどうだったかを比較すると、高齢者のセクシュアリティへかかわりが長く続くようになっていることがよくわかる。たとえばフランスでは、カップルで暮らしている50歳以上の女性のなかで性活動があるのは、1970年に2人に1人だったのが、2006年には10人に9人近くなり、性交渉の頻度も増している。50歳から69歳の伴侶のい

スウェーデンにおける70歳以上の人々

伴侶のいる70歳で性生活を行なっている人々の割合（%）

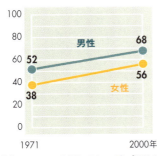

出典：H70、ヨーテボリ、スウェーデン［H70はヨーテボリ大学による70歳を対象としたアンケート調査］

る女性は、2006年に月7回だが、1992年には5回だけである。同年代の男性における変化もいちじるしく、2006年の調査では、95％が性活動を維持していた。スウェーデンで、70歳を対象に、1971年から2000年にかけて行なわれた調査H70では、カップルで暮らしている男女ともに性活動のいちじるしい延長が確認された。男性の3分の2（68％）、女性の半数以上（56％）が2000年、過去1年間ですくなくとも1回は性関係をもったと回答している。30年前には、それぞれ2人に1人（52％）と、3分の1（38％）だった。長年にわたって、女性の性生活の終わりを顕著に画するものと考えられてきた閉経は、2000年代になると、すくなくとも先進国ではそのような意味はなくなり、1970年から1990年の20年間で見ても、男性との差が小さくなっているのがわかる。

寡婦は寡夫より多い

ただまったく同じになるのには限界がある。第一に、この年齢になると男性に比べ女性のほうが、伴侶に先立たれていることが多い。フランスでは2006年、50歳から59歳の男性の87％、60歳から69歳では84％に伴侶がいたが、女性については、それぞれ81％と63％だった。してみると男女差は60歳以降、拡大しはじめることになる。スウェーデンでは、70歳で伴侶がいる女性は50％に止まった（男性では82％）。もはや性活動を行

フランスにおける性活動

伴侶のいる50歳以上で性活動を行なっている人の割合（％）

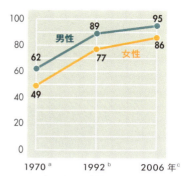

a 50歳以上の既婚者
b 50歳以上の伴侶のいる人
c 50歳から69歳の伴侶または決まった相手がいる人

出典：フランス人の性行動についてのピエール・シモンのアンケート調査（1970年）、ACSF（1992年のフランスにおける姓行動分析）アンケート調査、CSF（2006年のフランスのセクシュアリティの状況）アンケート調査。

伴侶または決まった相手のいる人で、性機能不全または欲求のない人の割合、2006年（％）

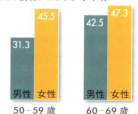

出典：2006年CSFアンケート調査

なっていない人々のうち、女性の3人に1人が自分の事情の説明として、伴侶がいないことを引きあいに出しているが、男性では6％である。

女性に伴侶がいないのは、離婚や別居より、夫の死亡による場合が多い。とくに60歳をすぎてからはそうである。ところで、夫を亡くした女性は、同じ年齢

68・プライベートな領域

でも、離婚や別居の場合に比べて性生活を続けようとすることが少ない。一方、

伴侶がいない男性の場合は、死別によるにせよ離婚によるにせよ、性生活を続け

性行為の実践についての申告

調査対象となった人のうちふつうに実践している人の割合％（アンケートに先立つ1年間に「しばしば」あるいは「ときどき」と答えた人）

- 60-69歳
- 50-59歳
- 40-49歳

男性　　　クンニリングス、女性性器への刺激行為　　　**女性**

男性	女性
40.0	26.0
58.3	49.5
70.6	67.7

フェラチオ、口淫

男性	女性
32.1	22.1
49.5	45.7
61.5	61.6

ポルノ映画鑑賞

男性	女性
34.9	16.9
46.7	20.8
55.1	21.5

マスターベーション

男性	女性
20.5	10.1
31.1	14.3
42.4	21.7

肛門への挿入

男性	女性
4.8	3.4
13.3	7.0
18.4	12.5

インターネットの出会いサイト利用

男性	女性
2.4	0.8
4.3	3.5
9.9	6.9

スワッピングによく参加する

男性	女性
2.7	0.8
3.5	1.0
4.5	2.4

出典：2006年CSFアンケート調査

回答では、50歳以上、とくに60歳以上の人々は、申告によると、年下の世代より性行為の実践が少ない。さらに女性は、一様に男性より少ない。ある種の行為は年齢、老い、健康上の理由でもう実践しなくなっているのが理由の1つである。しかし、別の説明もできる。60歳以上の人々は、オーラルセックスや女性のマスターベーションが普及してもいなければ認められてもいない世代に属する、という事情もあるからだ。また伴侶をなくした女性の割合が、60歳以降非常に増加するので、そのことも同じ年齢の男性に比べて性行為の実践を減らしている。

ることがずっと多い。このパートナーを失った後の男女の態度の相違は、女性の平均余命が長いせいで、それぞれにとっての結婚相手やパートナーの候補者の数が不均衡であることによる。だが、それにくわえて、50歳をすぎて独り身となった男性が新しい関係をはじめるのにあたって、断固として自分より若い女性を選ぶことにあり、——これは、とくにインターネットの出会い系サイトでの自己紹介を見ればわかる——それがまた、女性の側の「性的早期引退」の傾向を強めている。

女性の側の早すぎる離脱

60歳をすぎて性へ興味を示すのは、女性より男性のほうが多く、それがバイアグラの使用などに現れている（50歳以上の男性の6％が使用）。くわえて、50歳以上の伴侶のいる女性で性機能不全で、さらに性欲もないと申告した人は、2人に1人いるが、男性では3人に1人にとどまる。

この女性の側の離脱傾向は、数十年前ほど徹底的ではないにしろ、50歳に達した頃から現れはじめ、男性より10年近く早い。子どもを産む年齢が終わり、母親としての活動が人生のメインでなくなった頃に現れる人もいる。男性において、この離脱は60歳ごろ、引退のときが来て、それまでの生産的な労働ではない新しい社会的役割を担う頃に現れる。

ミシェル・ボゾン

70・プライベートな領域

依存は女性の問題

今日、依存は、二重の意味で「女性の問題」である。なぜなら女性は男性より長生きで、ある年齢をすぎると、未亡人となることが多く、援助の主要な利用者となるからだ。だが、女性は援助の主要な供給者でもある。

女性は援助を必要とすることが多い

　女性は男性より長生きで、年齢が進むと人数において上まわるようになり、年齢の階段を上るほど女性の率が高くなる。さらにそれぞれの年代で、女性は男性より日常生活が制限されるような障害を負う危険が大きい（p.20参照）。女性が長生きであることにくわえて、自立できなくなる危険がより大きいせいで、ヨーロッパの国々において、援助を必要とする高齢者のおよそ70％が女性だ。

　伴侶がいる場合が多い同年齢の男性と異なり、援助に頼らなければならない状況の女性の多くは、そばで支えてくれる配偶者がいない。男性のほうが死亡率が高いので、——ヨーロッパにおいては、男性のほうが女性より7歳早く亡くなる——女性が1人残されることが多いのだ。夫婦間の年齢差——今日、老齢の男性の妻は平均して3歳年下——と、男性は離婚や妻の死後再婚する傾向が強いことから、老齢の女性が孤立する率は高まる。老齢の男性の独り住まいも増えてい

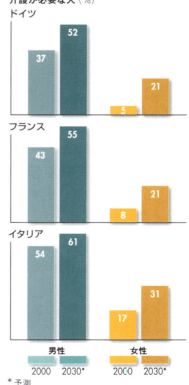

配偶者の介護
配偶者と暮らす85歳以上で介護が必要な人（％）

ドイツ・フランス・イタリア
男性 2000 / 2030*　女性 2000 / 2030*
ドイツ：37, 52, 5, 21
フランス：43, 55, 8, 21
イタリア：54, 61, 17, 31

＊予測

出典：J. Gaymu, P.Fesly et G. beels, «future Elderly Living Conditions in Europe», Cahiers de l'Ined, n° 162, 2008.

るが、おもに、昔ほど子どもたちの1人

といっしょに暮らすことがなくなっているからで、こうした生活様式は女性のほうに多い。フランスでは、2008年において、75歳すぎの女性のほぼ2人に1人が一人暮らしなのに対して、男性では10人に2人にもならない。かわりに、その年代の男性の約3人に2人に伴侶がいるのに対して、女性では4人に1人だけである。ところで、配偶者同士が相互に支えることで家庭が維持できることは、たとえば夫婦で暮らしている人々が老人ホームに入る割合が少ないことでもわかる。

援助する側であることはもっと多い

ある年齢をすぎた女性が、男性より依存の状態になることが多いのは事実だが、女性は一生のあいだに依存という点で、もう一方の局面をより多く体験している。実際女性は、年齢をとわず、援助する側に立っていることが多い。夫を介護したり、娘や義理の娘として自立できなくなった両親や義理の両親の介護をしているのだ。

その上、男性と女性では身内を支援するにしても同じ内容ではない。一般的に、女性はより多くの時間をさいて、家事や

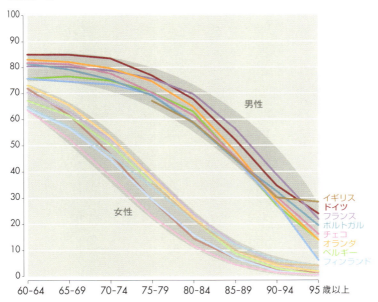

女性は1人で老い、男性は2人で老いる
配偶者と暮らしている男性と女性の割合（%）

出典：C. Delbès, J. Gaymu et S. Sringer, «Les femmes vieillissent seules, les hommes vieillissent à deux. Un bilan européen», *Population et Sociétés*, n° 419, janvier 2006.

夫のいる人と未亡人の割合（1990-2010年、年齢別、フランス）

出典：フランス国勢調査

身のまわりの世話といった必須の日常生活面を負担する。男性、とりわけ息子や義理の息子が手を貸すのは、手続き的なことや、外出とか買い物といった家の外にかんすることが多い。その上、女性は、男性より介護が必要になった家族を助けることが多いだけでなく、1人で生活できない高齢者を支援する職業の人々は、大部分が女性である。このように依存の問題は、女性にとって二重の意味がある。

もうじきもっと多くの男性が

人口予測は、平均寿命が延びつづけるのにともなって、この先数十年にわたって、介護が必要な高齢者の数が増加することを告げている。また、平均余命の伸びが女性より男性のほうが大きいため、女性が未亡人になるおそれが減少するだろうと予測する。こうして、高齢の女性は、将来、依存の状態になったとき伴侶がそばにいることが多くなるはずだ。今日の男性と比べて、未来の男性は、配偶者として、介護者となる可能性が高くなる。夫婦の年齢差が縮まっていることを考えれば、なおさらである。

それまでのあいだ、女性は援助を必要とする高齢者の相互依存関係のなかで重要な役割を果たしつづけることになるだろう。男女に割りあてられた役割、とくに現在の高齢者世代の偏った役割分担というのが、現状の重要な特徴である。もっとも、未来の女性が、今日彼女たちの先輩が担っている仕事の全部を引き受ける用意があるとはかぎらない。したがって、男女の社会的役割の変化によって、男性が妻の世話を引き受けるようになる

男性100人に対する女性の数

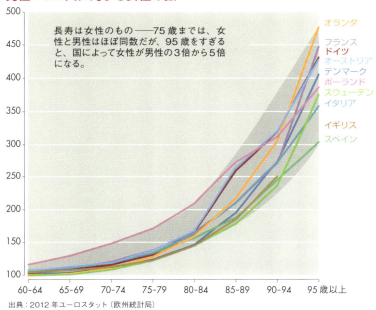

長寿は女性のもの——75歳までは、女性と男性はほぼ同数だが、95歳をすぎると、国によって女性が男性の3倍から5倍になる。

出典：2012年ユーロスタット（欧州統計局）

か、もっと広くは、息子や義理の息子が親の世話にかかわるようになるかどうかが、今後の問題である。

ジョエル・ゲミュ

ソーシャリゼーション（社会化）とステレオタイプ

とくに教育の向上のおかげで、少女たちに、それから大人になった女性たちに、さまざまな機会が提供されるようになり、かつては男性だけのものだった領域に参入することができるようになった。女性も学業の過程で、ついで職業の過程で自己を実現し、文化やメディアにアクセスできるだけでなく、多様なスポーツにも打ちこめるようになった。しかしながら、学校が男女平等確保の意志をしばしば表明しているといっても、まだ一部の少女にはアクセスがかぎられたものとなっているし、そこには強いジェンダー・ステレオタイプがみられる。

子どもの社会化の過程のあちこちに、ジェンダー・ステレオタイプが存在して、男女の範囲を限定し、男性と女性とを異なった経歴へと向かわせている。

76・ソーシャリゼーション（社会化）とステレオタイプ

女子の就学、前進と妨害

アフリカとアジアの多くの国では、この数十年間に実現した進歩にもかかわらず、初等教育レベル、ついで中等初期教育への就学をまだ十分に普及させられないでいるが、西欧諸国の例は、女子が学校へのアクセスを差別されない場合には、平均して男子より学業期間が長く、試験での合格率も高いことを示している。

西欧のほとんどの国で初等教育を受けられることが一般的となっていた1970年代、発展途上国では、女子の就学率が、あいかわらず男子のそれをはるかに下まわっていた。状況は、タイのジョムティエンで「万人のための教育世界会議」が開催された1990年にも、ほぼ同じようなものだった。大きな期待をいだかせた「ジョムティエン宣言」は結局約束を守らなかった。2000年には、1億1000万人の子どもが——その大半が女子（58％）——学校へ行けない一方で、17億人の15歳から25歳の青少年が——そのうち62％が女性——読み書きができなかった。2000年のダカールの世界教育フォーラムで、女子と男子の平等な、質のよい無償の初等義務教育への就学と、中等教育以後の男女格差解消との目標達

中等教育における男女平等

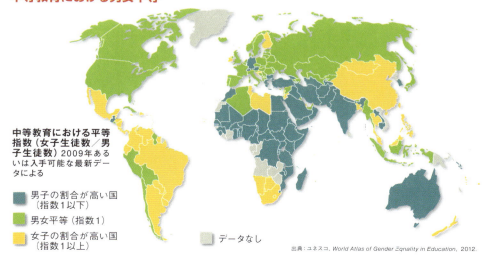

出典：ユネスコ、*World Atlas of Gender Equality in Education*, 2012.

成は、2015年に先送りされた。

さまざまな理由による明白な不平等

以後、児童の就学状況は改善されたが（2010年に学校へ通っていない児童は、2000年に比べて減っている）、男女の区別による不平等は根強く残っていて、学校教育を受けられない児童の大半は女子であり、とくに中等教育レベルでいちじるしい。

発展途上国では、就学の機会が質量ともに平等に分配されていないことが、全員への初等教育と民主的に開かれた中等教育のおもなさまたげとなっている。地方ではよくあることだが、学校が遠いことも女子には影響をあたえている。長い

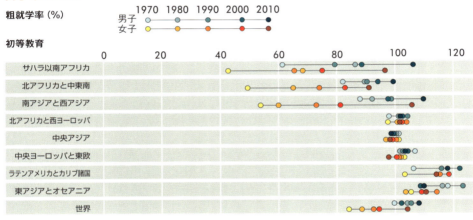

就学率の変遷

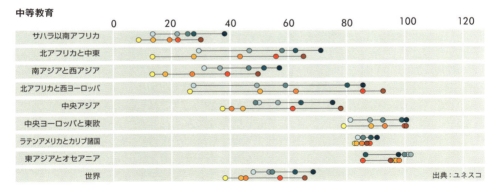

出典：ユネスコ

粗就学率とは、年齢をとわずそれぞれの過程に登録した人数の、その年に公式には就学すべき人数に対する割合。したがって100％を超えることもあり、これで通常の就学年齢より早く、あるいは遅く就学する人々がいることがわかる。

道のりを1人で歩いていかせることに、親が躊躇するのだ。また、初等教育は理論上無償だが、教科書、文房具、服、昼食などの付随の費用が親の負担となる。中等教育では、さらに登録料など追加の費用がかかることが多い。その上、多くの地域では、子どもたちが学校に行くことによる間接的なコストが発生する。家族を物質面で支えるのに必要な人手をとられてしまうということだ。そこで親は自分たちの裁定で、息子のほうに賭けることが多い。

男女の比率、不平等の主要な要素

　女子の就学期間が長引くことは、多くの社会において、彼女たちに予定されている妻や母親としての役割を習得するのに有益だとは、ほとんど考えられていない。この40年にみられる前進によってたしかにいくらかは改善があり、女子についても就学が考えられるようになった。だが、その前進は外部からの強い圧力によるもので（基本教育における男女平等のための資金援助など）、心情の深いところに変化をも起こすまでには、まったく、あるいはほとんどいたっていない。女子が就学できたり、大人になって読み書きを習得することができたりするかどうかは、その人が置かれた社会的位置によるところが大きい。

女子のほうが成績がよい

　西欧の国々において、女子は男子より学校の成績がよい。中等教育を終える時点での成績もよく、いまや、以前より多くの女子が高等教育へ進学し、卒業免状を取得している。ユネスコの国際評価によると、発展途上国においても同じ傾向がみられ、女子は一般に男子より成績がよい。初等教育では、読むことや算数でまさり、男子ほど落第しない。だが、勉強を続けることについては、男子のほうが優遇されている。これらの国の多くでは、女子は優秀であっても進学の道が開けず、あいかわらず不平等の犠牲となっている。

ロール・モゲルー

進路指導の不平等は
世界的現象

多くの国において、女子は男子より学業成績がよい。また高等教育を受ける人数でもまさっている。しかし、より長く、めったにやる人のいないような学業を修めながらも、彼女たちは、伝統的に女性のものと考えられている職業分野の、かぎられた部門にとどまっている。

　高等教育への進路について、男子と女子では異なる指導がされる傾向が、世界各地でみられる。理系の卒業者が女性のほうが多いのは、世界でも中央アジア（53％）と中東および北アフリカ（51％）の2地域だけである。とはいえ、それらの地域で高等教育を受けるのは女性のたった4分の1だ。北アメリカと西ヨーロッパでは、女性の就学率は90％近いのにもかかわらず、理系の率はもっとも低い（40％）。これらの地域では、情報科学や工学部門への進学も非常に少なく（21％）、かわりに保健衛生、社会保障、教育部門で大勢を占める。

　このように、西欧諸国では、高等教育の大衆化も男女共学も、（社会科学とサービス産業を除いて）高等教育へのアクセスの分野による男女差を解消するにはいたっていない。その上、変化がつねに同じ方向を向いているとはかぎらない。中国では、1960年に大学の科学技術部

門の女子が40％だったのに、2000年には30％になってしまった。毛沢東主義の時代（1949-1976年）には、本人の選択なしに、学生はさまざまな学部に割りあてられていたし、政府は職業における男女の平等推進に気をもんでいた。今日では、女子も男子も西洋の同輩たちと似たような進路を選ぶ傾向にある。

学校は中立ではない

　女子に対して理科系への進路指導がないことは、中等教育の段階から認められる。こうして経済的にも社会的にも評価の高い職業への女子のアクセスが少なくなるのだが、このような職業を選択し、そのための勉強をするには、数学の能力が基礎となっている。そこで、この科目が女子を区別することになるのだが、学校はこの段階で、確実にある役割を演じている。知的適性について男女別の割りふりがあるのだ。男子は「当然に」科学

80・ソーシャリゼーション（社会化）とステレオタイプ

高等教育免状取得者

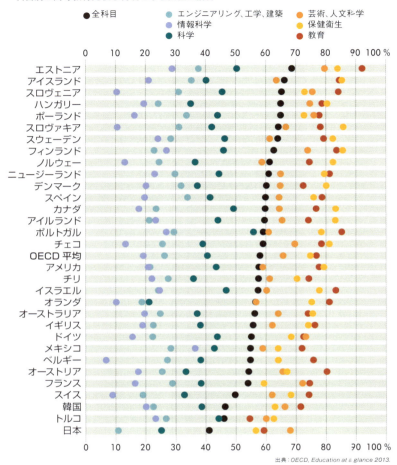

技術に向いているが、女子は文学や社会科学に向いているというものである。女子はこうして理科系コースをあまり勧められないし、教師は、女子には男子に対するほどの期待をしない。同時に、成績評価や進路指導の際、女子に対する要求は高い。そのうえ、数学で同じレベルの能力であっても、女子は自分の力を過小評価する傾向があり、そのせいで進路を決めるにあたって自己規制してしまう。

さらに、カリキュラムもそれを支える教材も中立ではない。授業でとりあげられる歴史上の人物や、文学で研究される作品の著者は、おもに男性である。初等

教育の教科書の多くには、課題や練習問題をわかりやすくするために、架空の人物が使われているが、ここにも男女を区別する社会的な表現がみられる。フランスとアフリカにおいて、数学の教科書のコーパスを分析したところ、一般的傾向が２点あった。登場人物には男子が非常に多く、逆に女性はほとんど現れない。

男子と女子、数学の点数

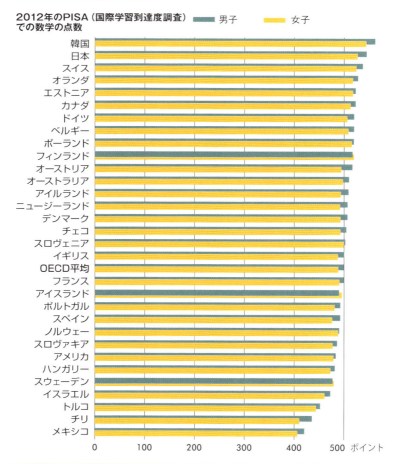

PISA の調査データは、65 か国で行なわれ、15 歳で、女子の数学の成績はわずかに男子より低いだけであることがわかる。したがって、生徒の性別によって数学を勧めたり、勧めなかったりするのは、女子のこの科目に対する能力や姿勢にとってネガティブな効果をあたえるものだろう。科学を勉強する能力について男子と女子のあいだには、意義ある違いはほとんどない。そのかわり、女子は読解力において大きくまさっている。

そこに女性が出てくるとすれば、おもに家事あるいは、教育や食物調達といった家族内で伝統的に女性に属するとされている役割の延長にある仕事に結びついているのに対し、男性はビジネスの世界など、女性に割りあてられているよりずっと広いさまざまな役目を担って登場する。これらは往々にして、現実よりもステレオタイプである。

学校はこうして一連の価値観、イメージ、知識、判断を伝達している。それらは公式のプログラムにはっきりと書かれているものではないが、結局は女子の理科系のキャリア選択の望みを抑制している可能性がある。

型どおりでない進路に不利な一般状況

学校でのジェンダーの社会化は、家庭内で行なわれていることの延長である。今日親は娘たちにも息子と同じように、十分な教育を受けさせ、同じように育てたいというが、現実の教育の実践は異なるものとなっている。男子には自立と新しい環境への挑戦が強く勧められるが、女子は将来妻となり母となるのに適した生き方を選ぶよう勧められる。

知識や能力の分野が男女で異なることは、女子の選択が多様でなく、野心もない結果だと分析される。ところが、一方で、女性は主として家事を担当しなければならないことを考えると、女子が社会的に予定されている地位により適合しやすい現実的な選択をするには、「正当な理由」がある。他方、男子も性差によるすべての慣例から自由な選択をしているわけではない。彼らも不平等に男女別に割りあてられたコースをとるのであって、保健衛生や社会福祉、幼児教育などへの道はほとんど閉ざされている。

この不平等な状況について、学校、家庭、青少年本人たちだけに責任があるのではない。仕事の世界に特有の構造と、影響力のシステムであるメディアが、それと気づかれずにかなりの影響をあたえていることも想起すべきである。

ロール・モゲルー
キャロル・ブリュジェイユ

文化・教養は女性の関心事？

文化的活動や実践をしている人々には、男性より女性の存在が目立つ。そこに見るべきものは、女性に美や情感に対する、生まれながらの才能や傾向があるということではなく、むしろジェンダー・ステレオタイプを生み、活性化させ、流通させる、家庭、学校、仕事の世界、友人のあいだなどにおける社会化の交錯した作用があることだ。

ヨーロッパでは女性の教育レベルが高いが、文系の学業を修めて、文系の素質を生かす職業につくことが多い。そればかりでなく、夫婦や家族での外出を提案したり、家庭内でしつけをしたりするのもおもに女性である。このようなさまざ

まな理由で、今日、文化への興味は夫や息子より、娘や妻のほうが強い。そのため美術館や図書館、劇場などの文化施設の利用者は、大部分が女性だ。女性は芸術の熱心な愛好者として、読書を筆頭に、世代的におとろえつつある文化活動を支

母親が文化を伝える

女子

子どもが趣味をもっている割合

母親に趣味がある場合
父親に趣味がある場合

62 %
69 %

54 %

男子

子どもが趣味をもっている割合

母親に趣味がある場合
父親に趣味がある場合

73 %
78 %

63 %

出典：フランス文化・通信省、2005年。

趣味は、好きなことを楽しみ社会参加を行なう余暇の活動である。文化的あるいはスポーツの趣味にかんして、父親より母親にならう子どもが、男女ともに多い。6歳から14歳の女子、男子の平均それぞれ54％、63％が趣味があると答えているところ、父親の影響も明らかだが、とくに母親に趣味がある場合は男女ともさらに15％も高くなっている。このことは、教育の継承における母親の重要な役割を裏づけている。

ヨーロッパにおける男女別のインターネット利用

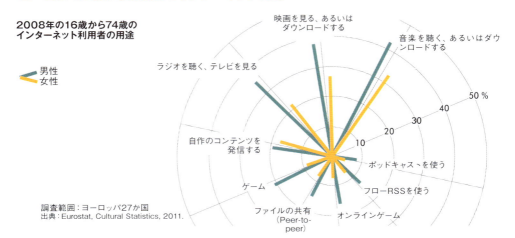

2008年の16歳から74歳の
インターネット利用者の用途

― 男性
― 女性

調査範囲：ヨーロッパ27か国
出典：Eurostat, Cultural Statistics, 2011.

えている。文学や舞台芸術といった社会的評価の高いものに親しんでいるばかりか、女性は老いも若きも、メディア芸術（とくに録音された音楽の愛好家でもある）やコンピュータを使った活動にも関心をよせている。

だが同じコンピュータへの興味でも、少女／女性と少年／男性が興味をもつ用途、内容はそれぞれ異なっている。コンピュータやインターネットを使って、女性はコミュニケーションを優先するのに対して、男性は遊びの要素（ビデオゲーム）を楽しむことが多い。読書にかんしては、女性は小説、古典文学や自己啓発の実用本を好むのに対して、男性の興味は、むしろBD（漫画）や歴史や哲学・宗教エッセイのほうに向けられている。だが、興味の範囲にかんしても好みにかんしても、大きな歩みよりがみられる。少女たちは、コンピュータや携帯電話やインターネットの使用によって、以前よりテクノロジーの道具との距離が近くなっているし、SMSやブログをとおして、書くことに回帰した少年たちもいる。以前は広く男性向きと考えられていた推理小説やスパイ小説も、女性たちにとって面白いと思われるようになってきている。

子ども時代からの習得

女子は平均して、子ども時代も思春期にも、男子より多くの文化的活動のなかですごす。家族内や、学校での文化活動（読書や文化施設訪問など）でふれると同時に、コンピュータを使ったり音楽を聴いたり映画を見に行ったりもする。その上、女子は、読書やアマチュアとしての芸術活動をするとき、男子より熱心で長続きする。そして、若い頃のつきあいの特徴でステレオタイプといっていいのは、女子同士、男子同士の親しい仲間だ

が、これが男女による活動の類型化をさらにはっきりさせる。広く世間一般で、男子は余暇を遊び——とくにスポーツ——に向けるべきだと思われているところ、女子はもっと厳格な意味での文化的な活動へと後押しされる。このようにして女子は、男子より高いレベルで文化にかかわりながら大人の世界に入っていく。

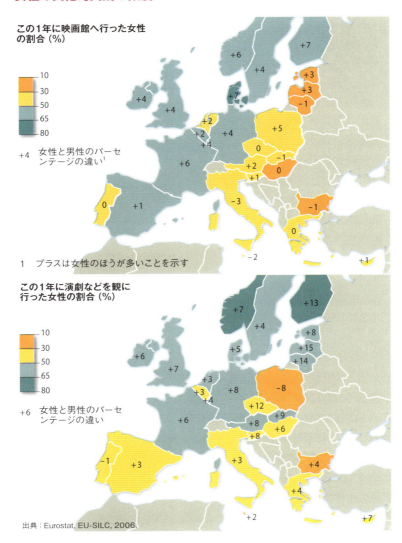

女性の文化的実践の頻度

出典：Eurostat, EU-SILC, 2006.

女性は生涯をとおして、文化に強いかかわりをもちつづける

労働市場に参入し、結婚し、子どもが生まれる、という出来事が重なると、文化活動にかんする女性の男性に対する優越はだいぶ縮小するが、消滅するほどではない。外出を夫婦の都合に合わせたりすることで個人的な交際は減り、家事の負担のせいで自由になる時間がなくなるので、家庭という領域において、男女間の配分が変わる。そこで、女性の文化活動への参加も減ってしまう傾向にあるのだが、この時期、女性は子どもたちに文化を伝えるという家庭内での主役を担うことになる。このようなかたちで教育的・文化的役割を担い、女性としての社会性を、とくに母娘の関係や女友だちやカップルでの外出（おもに女性が企画する）を中心に維持することができるため、男性に比べ、老齢に特徴的な、文化活動への参加がまったくなくなるといったことは起こりにくい。仕事でも家庭でも負担が軽くなったとき、女性は以前にかかわっていた愛好家としての活動をふたたびはじめたり、あるいはまったく新しいこと、たとえばインターネットメディアに興味を向けたりするようになる。

シルヴィー・オクトーブル

女性が報道をするとき

最近の進歩にもかかわらず、ニュースのほとんどはいまも男性によって取材されている。世界中で、女性によるルポルタージュは3本につきたったの1本だ。女性が現れるのは、とりわけ「女性問題」、モード、家族、女性の仕事、ドメスティック・バイオレンスなどについて証言するときである。

世界規模でみると、女性はニュース・メディアでほとんど目立たない存在だ。女性が核心にいるのは、現代的な新しいテーマの4分の1にすぎず、インタビューされるのは、母親やたんなる証人、さらに被害者としてのことが多い。家族にかんするテーマ、あるいはフェミニストの要求、DV、避妊、娘の教育、モードなど、社会的表象において［社会的表象とはモスコヴィシが唱えた社会心理学概念だが、ここでは「一般に共有されている理解によると」ほどの意味と思われる］、女性問題と考えられているテーマのときだけ有利な立場に立つ。政治、経済、あるいはスポーツのニュースの大多数を報道するのは、男性である。それが知識人や専門家の力を借りるときは、とくにその傾向がみられる。フランスの場合が、こうした明らかな不平等を雄弁に物語っていて、フランス視聴覚高等評議会によれば、女性が発言者となるのは、スポーツ番組で14％、報道部門で33％、ドキュメンタリーや定時のシリーズ番組で35％、娯楽番組で40％、番組ゲストとして招かれる専門家のうち女性はたった20％である。

世界中で情報の扱いにジェンダー・ステレオタイプがふくまれるのは、部分的にはこの情報の制作が男性に支配されているからで、新聞、雑誌などの出版系報道機関とテレビ、ラジオで放送されるものを合わせても、女性の制作によるのは3分の1（日本や韓国、バングラデシュなどのアジアの国々、あるいはアフリカのニジェール、セネガル、モーリタニアなどでは5分の1まで落ちる）にすぎない。また一般的な傾向として、レポーターが男性か女性かによって、それがカバーする情報の性質が異なることが多い。「硬い」といわれる情報（軍事衝突、犯罪、経済など）は、おもに男性によって伝えられ、女性は社会、家族、あるいは日常生活にかんする話題などに限定されがちだ。世界中どこへ行っても、政治、経済、金融、戦場のルポルタージュは男性の縄張りとなっている。

88・ソーシャリゼーション（社会化）とステレオタイプ

男女のレポーターによるステレオタイプの放送

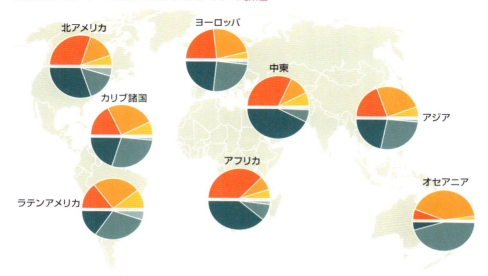

レポーターの性別によるルポルタージュのなかの
ジェンダー・ステレオタイプ
放送されたルポルタージュ全体に対する割合（％）

出典：Global Media Monitoring Project 2010

全世界で放送されているルポルタージュの3分の1が、ジェンダー・ステレオタイプを伝播するものであり、そのなかには女性が制作したものもふくまれる。アフリカでは、最近になって自由化されたメディア界だが、男女不平等が明確に表れている。男女平等のための闘いのパイオニアであるオーストラリアとニュージーランドでは、ステレオタイプ化がほとんどない。ヨーロッパ、さらに北アメリカは、発展途上の数か国より成績が悪く、重大な状況にある。

　マスメディアの世界で、1つの部門だけ例外がある。テレビのレポーターは今日、世界全体で見ても、男性と同数の女性がいる。カリブ諸国では、10の番組のうち6が女性により、これは北アメリカの2倍にあたる。しかしながら、このポストへの女性の採用にかんしては、男性の場合に比べ、いまだに容姿が決定的であることが多い。

　ジャーナリスト職は、どの地域においても女性化している。1965年に報道機関のプレスカード（記者証）をもっている人のうち女性は15％だったのが、現在は半数にやや満たないくらいまでになった。アメリカでは40％前後だ。だが、編集の段階での平等が改善されたとはいえ、責任のレベル、地位、報酬の点で男女差はあいかわらずなくなっていな

ニュースのなかの女性

2010年世界における、最新のテーマについて女性がインタビューを受けたり、かかわったりした割合

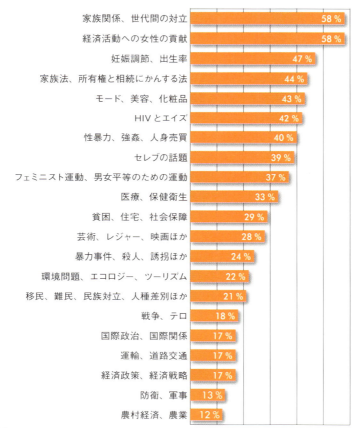

出典：Global Media Monitoring Project 2010

い。またフランスの例をあげると、責任あるポスト（主筆、副編集長または編集部長）のうち、女性によって占められているのは、3つに1つだけである。

マスメディアの影響

　今日の世界では、マスメディアへの露出が拡大しつづけている。したがってメディアが伝えるメッセージは社会的実践や社会的表象［ある社会で共有する慣行や認識］への影響を強めている。ところが、男女のより平等なヴィジョンを発信することができる力をもつマスメディアが、とくに男性が報道の制作を占有して

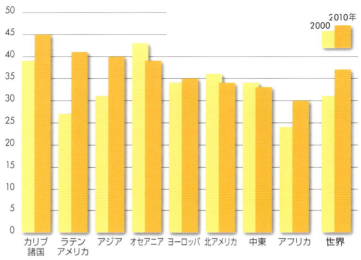

いる場合、いまだに男女間の力関係における男性の支配を強める方向に寄与していることが多い。とはいえ、マスメディアは今日、1970年代に比べ、全体として女性に対して好意的になっている。当時はジェンダー・ステレオタイプが意識化すらされておらず、女性はまだマスメディアを通じて自己表現をするのがむずかしかった。残る問題は、今日のマスメディアがまだ女性の利益のため、男女の平等のために可能なかぎりつくしていないことだ。

イザベル・アタネ

女性と映画──平等はまだ遠い

映画産業が誕生してすぐから、女性はそのなかで「女性向き」といわれる領域で働いてきた。フランスの女性監督たちは、最初の作品については支援制度があるにもかかわらず、続く作品の資金繰りに苦労することが多い。映画監督の仕事は依然として大半は男性のものである。カンヌ映画祭でも、女性監督の作品の参加は少なく、テーマもかぎられている。

　一般的にいえば、フランスは映画を生んだ国であること、またアリス・ギイ＝ブラシェ（1873-1968）の祖国であることを誇りにできるだろう。彼女は1895年に映画会社ゴーモン社を創設したレオン・ゴーモンの秘書で、まだだれも映画の将来を信じていない時代に映画を制作した、映画監督の名前を認められる最初の人物である。だが映画技術の発明とともに女性がカメラの後ろに立ったという、この幸先のよい出発が、この領域におけるフランスの例外的な事情を説明すると考えるのは誤りだろう。2012年に公開された映画の25％は女性監督によるものであるが、映画制作に漕ぎ着けるまでの彼女たちの道のりは遠かった。フランス映画史の最初の数本を撮ったあと、アリス・ギイ＝ブラシェはフランスでは拒否されたキャリアを継続するため、アメリカへ亡命しなければならなかった。フランス映画史は、彼女の名前も、

20世紀初めの無声映画に貢献したほかの女性監督の名前も忘れている。たとえば、ルイ・フイヤード監督の映画「レ・ヴァンピール（吸血ギャング団）」（1915年）で一世を風靡したミュジドラ（1889-1942）は、映画製作者としての仕事（とりわけコレットの作品の映画化）より女優としての役柄のほうでずっと有名だ。そのほぼ同時代人ジェルメーヌ・デュラック（1882-1942）の名が後世に残ったのは、豊かなメロドラマ（伴奏にのせた劇）やその時代の映画にはまれだった女性の主体性の表現によってよりずっと、シュールレアリストとのつながりがあったことに負うところが大きい。

映画はジェンダー・アイデンティティに革命を起こさなかった

　映画は20世紀の偉大な発明だったが、ジェンダー・ステレオタイプを打ちくだいたとはいえない。女性は「夢の機械」

92・ソーシャリゼーション（社会化）とステレオタイプ

映画における女性

2000年から2010年の10期における
国立映画学校（Fémis）の学生（総数380人）
の学科別男女割合

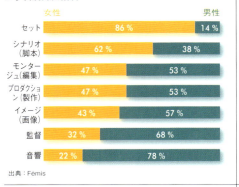

出典：Fémis

フランスのテレビ局による共同製作映画の
なかで女性によって監督された映画の割合

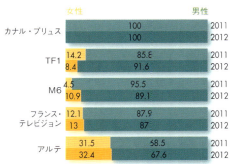

対象：2011年に放映された1261本、2012年の1318本
出典：CNC 国立映画センター／CSA 放送メディア高等評議会

2005年から2014年のあいだにカンヌ映画祭で
選ばれた監督のうち女性の割合

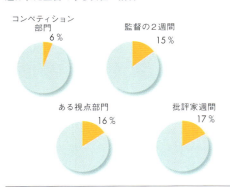

映画賞における女性の存在

有力映画グループの取締役会の
女性の割合（2013年）

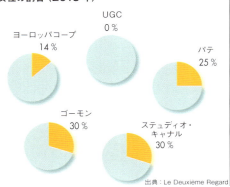

出典：Le Deuxième Regard

フランスの映画専門誌の編集委員会における
女性の割合（2013年）

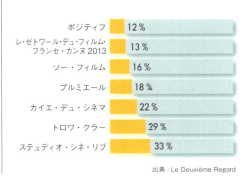

出典：Le Deuxième Regard

である映画に貢献することはできたが、カメラの後ろでより、むしろカメラの前でだった。初期の「妖婦（ヴァンプ）」が大西洋の向こうアメリカで早々に現れ、そうした欲望の対象として作り上げられた女優たちが、すぐさまフランスのスクリーンを占領した。その髪を整えたり、メーキャップしたり、衣装を担当したりしたのは女性たちだが、撮影した例はほとんどない。もっと少ないのは映画監督で、女性の監督にとって、１本１本の映画が、今日よりさらに厳しい障害物競走だった。

養成学校がなかったために、初期には女性監督が出にくかったとか、第２次世界大戦後は映画学校が発達して、次世代に恩恵をもたらしたとか思うのは、誤りだろう。女性がフランス映画高等学院（Idec、1986年にフランス国立映画学校に引き継がれた）への入学を許可されたといっても、彼女たちはそこで、より「女性向き」の部門を勧められた。とくにモンタージュ（編集）は、コンクールで受賞しているような優秀な女子学生を大勢受け入れ、それをのがれたひとにぎりも、映画監督としてずっと仕事を続けられたわけではなかった。映画学校で平等な進級ができるようになるには、1990年代を待たなければならない。

以後、脚本家では女性の数が男性を上まわるようになり、平等はほぼ達成された。もっとも２本目の映画のハードルをのりこえて、継続するキャリアに進んでいくのは、そのなかの数人の監督や脚本家である。

認められるのがむずかしい

ここ20年映画監督に女性の割合が比較的増えていることは、おそらくフランス独特の映画資金助成システムによって説明できるだろう。映画産業界の、第１作目の映画の促進や支援も同じだ。またフランス国立映画センター（CNC）からの資金援助は、興行収入の前払いを介して、経費の20％まで可能であり、映画監督にチャンスをあたえてくれる。しかし最初の作品は若い才能を奨励するための数々の補助金を受けとれるとしても、２作目の長編を作成しようとするときは、まったく事情が変わる。なぜなら、CNCからの補助金なしで、もし最初の作品が明らかな成功をおさめていない場合は、女性監督にとりプロデューサーを説得するのはむずかしくなる。同様に２作目を裁定するCNCの委員会で合格できる女性の数はわずかにとどまる。

さらに、同業者たちから認知される女性監督も少ない。1976年にセザール賞が創設されてから、女性で最優秀監督賞を受けたのはトニー・マーシャル１人である。またカンヌ映画祭のコンペティション部門のオフィシャルセレクションに選ばれた女性監督は、審査員と同様、非常に少ない。彼女たちの作品が出品されるとしても、おもにコンペティション外で、権威も低い部門だ。

ブリジット・ロレ

94・ソーシャリゼーション（社会化）とステレオタイプ

男性のスポーツ、
女性のスポーツ

スポーツ施設は、19世紀末から設立されはじめたが、そこでは女性は除外されていた。時代とともにスポーツに参加する男女の割合は変化したにもかかわらず、この伝統を引き継いで、長年のあいだ、スポーツ環境は男性だけが特権をもつ領域として作られつづけたが、その後、多くの闘いや交渉の結果、女性もしだいに運動やスポーツ競技に参加できるようになった。

　2010年には、15歳以上のフランス人の女性87％、フランス人男性の91％が、すくなくとも年に一度はスポーツをする、と答えている。スポーツの定義を非常に広くとらえたうえでのこの数字は、男女差のないスポーツ環境があるようなイメージをあたえる。同じ年、15歳から24歳のヨーロッパの男子71％が、すくなくとも週に一度はスポーツをすると答え

たのに対して、同じ年齢の女子は50％にすぎなかった。しかし25歳以上になると、スポーツをする回数が減り、男性はとくにそうなので、その結果、男女の数字は似たようなものになっていく。25歳から39歳でなにかスポーツをしているという人は男性の47％、女性の40％、40歳から54歳では、男女共39％となる。
　ところが、質問された女性は、自分は

オリンピックにおける女性

オリンピック参加者の人数

男性
女性

出典：sport-reference.com

男性のスポーツ、女性のスポーツ・95

2010年フランスにおける、単一種目連盟の女性の割合

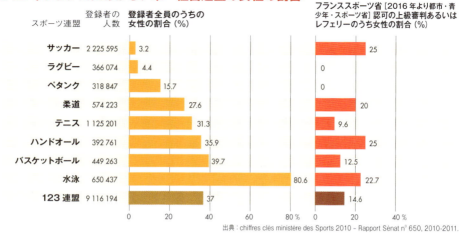

出典：chiffres clés ministère des Sports 2010 - Rapport Sénat n° 650, 2010-2011.

男性に比べてスポーツをしないほうだ、と無意識のうちに答える。その理由は、女性が一般的にスポーツとされている、競ったり、技術が必要だったり、成績や記録が関係するような活動とはかけ離れた身体運動のほうを重視していて、スポーツ機構の枠組みの外で、フィットネスやウォーキング、水泳といった体を維持するような運動を、1人でしたり、友人や家族とともにするのを好むからである。このように、運動やスポーツ競技へのかかわり方にかんする男女の違いは依然として存在するのである。

スポーツ連盟内の相違

違いはスポーツ連盟内でとくに認識できる。たしかに、女性は連盟でのスポーツにも参加しているが、女性が多いのは、社会的に評価の高い競技種目、ましてや高度な技術を磨く種目ではなく、複合スポーツである。たとえばそのなかのフランス体育自由体操連盟では、2012年の登録証所持者のうち93％が女性である。2010年の複合スポーツ連盟全体の女性登録者は52％、それに対して単一種目連盟では30％となっている。

高度なスポーツにおける不平等

高度なスポーツあるいは職業としてのスポーツにおいては、収入の不平等が、ほかのどんな活動分野より目立っている。フランスのバスケットボールでは、女性は平均して男性の給与の37％しか得ていない（2010年）。高度なレベルのアマチュア女子選手への国の補助額は、男性の場合の15％以下である。馬術には女性の参加が多く、最高レベルまで男女が競合しているが、キャリアの仕組みや男

スポーツ組織幹部

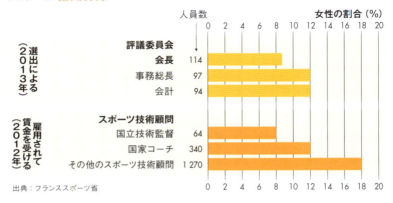

出典：フランススポーツ省

フランスにおけるスポーツ連盟登録者

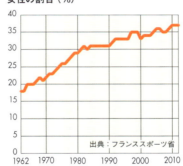

出典：フランススポーツ省

性向きの仕事と区分されていることが、女性を排除してしまう。そこで、強い馬の持ち主は、自分の馬を女性ではなく男性の騎手にまかせることになる。彼らの選択が、純粋にスポーツ能力の規準ではなく——それだったら女性は男性と肩をならべている——、軍事訓練に直接由来するスポーツであるという、男性的な職業文化の環境のなかで行なわれるからだ。

より進んだ男女混合に向けて？

　スポーツには男女の区別が残っていて、ある種のものは伝統的に男性を、また別のものは女性を引きよせている。力の強さや耐久力は男性の資質だと考えられていることが多いため、そのような資質を要求するスポーツは男性が主導権をにぎっている。それに対して女性は、体操やシンクロナイズドスイミングなど、美しさや柔軟さが評価されるスポーツで優位

にある。

　だがじつは、こうした「スポーツにおける男女の区分け」はそれぞれの国の環境にもよる。ノルウェーやデンマークでは、アマチュアサッカー選手の22％を女性が占めるが、ドイツでは15％、イギリスやフランスでは５％、イタリアではたったの２％である。ドイツでのハンドボールやオランダのアイススケートのように男女どちらにも好まれているスポーツもある。まためずらしい例として、ハンドボールはノルウェーで女性のスポーツと考えられている。

　非公式な活動として行なう女性のスポーツ人口が増えているだけでなく、連盟の登録者に占める女性の割合も増加している。だから、スポーツは記録や競技だけでなく、かならずしも平等ということでなくても、男女がいっしょに楽しめるものでありつづけるだろう。残る問題は、もっとも評価され、もっともメディア化された女性のするスポーツが、女性に向けて作られた性役割を重視するものであることだ。反対に、男性のものと考えられているスポーツに打ちこむ女性に対しては、外形や記録があまりに男性的になるや否や、ネガティヴな評価が目立つようになる。

カロリーヌ・シモ

理想の体とスマートであること

身体はその人を特徴づけるもので、社会的にも本質をなすものである。肥満の基準は国によってそれぞれだが、西欧社会では女性がほっそりしていることは、一般に評価が高い。とくにフランスではその傾向があり、女性に対しては男性よりずっと厳しい基準が課されている。

身体は、他者との相互作用とその人のアイデンティティを形づくるうえで、主要な役割を果たす。そのためわれわれ現代社会に存在する不平等、とくに男性と女性のあいだの不平等を目に見えるものとしている。肥満はとくに、その人の外見と健康に深くかかわっている。1990年代以来のフランスにおける平均的体重の増加は、社会的グループ間だけでなく、男女間のより大きな不平等となって現れた。たとえば、学歴が低く、恵まれない環境出身の女性たちは、平均してもっと恵まれて育った女性たちより太っている。男性の場合、事情はもう少し微妙で、かなりの肥満でも、社会的地位や収入が高いことと両立しうる。

正反対の認識

肥満をどうとらえるかは、国によって異なるが、それだけでなく男性と女性で

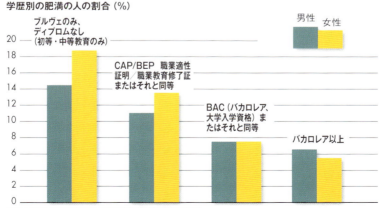

出典：Insee-Drees（フランス厚生省評価統計調査研究所）
アンケート調査 «Handicap santé», 2008.

望ましい体型、男女における理想のスマートさ

女性の理想体型がほっそりしているまたは
非常にほっそりしている、とする人の割合（％）

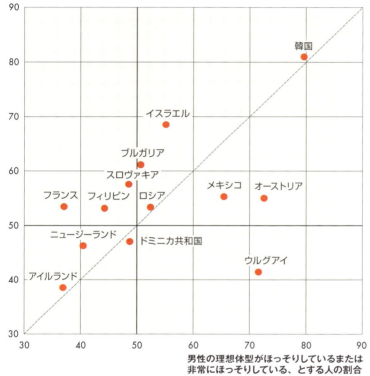

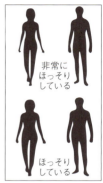

グラフの読み方：たとえばイスラエルでは、69％の人が、女性はほっそりしているのが理想だと答え、57％の人が、男性はほっそりしているのが理想だと答えた。

出典：2007年国際社会調査プログラム（ISSP）、「余暇とスポーツ」

非常に異なる。女性は、平均して、実際より自分が太っていると感じている。そのため医学的にはむしろ痩せているのに、太りすぎていると思って減量しようとする女性たちを見ることになる。逆に、男性は平均して、実際より自分がスマートだと思っている。

この正反対の感じ方は、身体についてのイメージの違いで説明できるだろう。

女性において肥満は、現代社会ではほっそりしていることと大いに結びつけられている美しさを、どちらかというと追いやることになる。反対に、男性の肥満は、社会一般に共有されているイメージでは、力と結びついている。ほどほどに太っていることは、大いに受け入れられ、ふつう、より好まれてさえいる。逆に、女性ではあまり極端でないかぎり、痩せてい

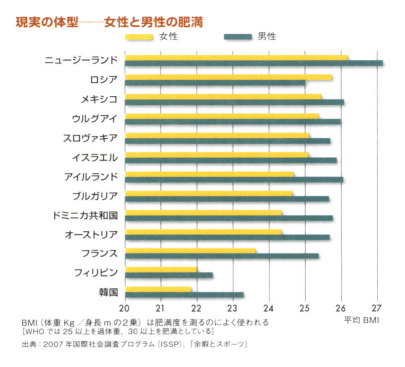

現実の体型──女性と男性の肥満

BMI（体重Kg／身長mの2乗）は肥満度を測るのによく使われる
［WHOでは25以上を過体重、30以上を肥満としている］
出典：2007年国際社会調査プログラム（ISSP）、「余暇とスポーツ」

ることが評価されるのに、男性では一般にそれが不利に働く。極度の肥満症に悩む男性は例外としても、差別が男女では完全に逆になって作用するが、そのプレッシャーは女性に対するほうが大きい。

多くの研究がなされて、外見がその人の人生に、とくに仕事上で影響する仕方が明らかにされた。女性にとって、今日では、太っていないことが労働市場でもう1つ追加の資格とみなされる。実際、すらりとした女性は、より簡単に仕事が見つかり、その仕事は平均して給与が高く、失業する可能性はより低い。逆に、太った人は、社会生活のあらゆる側面で差別され、なかにはいくつものハンディキャップをかかえる人もいる。まずは健康的に不具合があるうえ、労働市場のような社会的な面での不利益、さらには自己評価が低いことや自信喪失からくる心理的なハンディキャップもある。

身体は社会的ステータスの表現

その人がほかの人々に対して最初にあたえる印象として、身体はその人をほかと区別し、その人を表現するものである。身体とその形態は、見かけによってわれわれが社会で占めている位置がわかる範囲で、社会的識別の手がかりを提供する。望ましい体型というのは、時代や文化、社会環境で変わるが、また性別によって

変わる。それほど昔ではない、フランスの19世紀においては、かなり太っていることが、病気や貧困のせいで痩せていることより一般に好まれた。とくにアフリカの国々には、いまでも女性も太っているほうがよいとする文化もある。

現代のほとんどの社会では、身体のバランスは個人の責任によるものとされ、「それぞれが自分にふさわしい体をもつ」という考えが支配的である。ところで、これが非常に強いプレッシャーとなって、自己抑制という形でとくに女性をさいなむ。「責任を感じる」ことから「罪悪感を感じる」ことへのスライドが生じ、それはとくに太った人々に多いことも指摘されている。

ティボー・ド・サン・ポル

仕事と経済的独立・依存

経済の領域は、男女間の不平等が特別きわだった形で現れている領域である。改善があったにもかかわらず、女性はあいかわらず男性より少ない賃金に甘んじ、家事のほぼ全部を引き受け、ある種の雇用にかんしてはアクセスが困難なだけでなく、不可能でさえある。女性同士のあいだにもいちじるしい不平等が根強い。そうした不平等は、仕事とプライベートを調整して、ある種のキャリアを歩むことができる力があるかどうか、あるいはその財産をとりまく法制度がどんなものであるかによる。

雇用へのアクセスについては向上したが…

女性が仕事をすることは、女性の解放への強いベクトルとなるものであり、世界中で向上している。それでも、評価の低い仕事、とくに農業や商業、サービス業に押しこめられて、物事を決断するようなもっと高度な職、そして高い報酬を得うれる職にかかわることはまれである。

世界中では13億人の女性が働いていて、これは15歳以上の2人に1人（2011年で51％）にあたる。だがこの数字は、女性の活動を過小評価している。はっきりした形をとらない仕事や家事は目に見えにくいので、数値にするのがむずかしいのだ。状況は、地域によってかなり違う。中東や北アフリカにおける女性の職業参加は低レベル（2011年に20％）だが、東アジアとオセアニア（65％）や

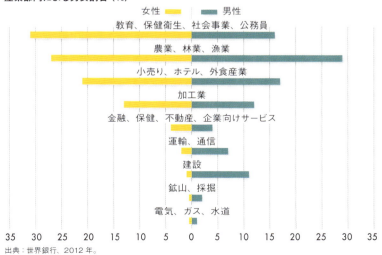

世界の産業部門による差異

産業部門による男女割合（％）

出典：世界銀行、2012年。

労働力人口の女性の割合

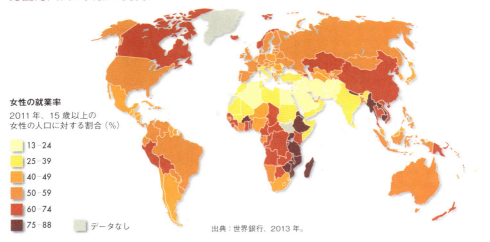

女性の就業率
2011年、15歳以上の女性の人口に対する割合（％）
- 13-24
- 25-39
- 40-49
- 50-59
- 60-74
- 75-88
- データなし

出典：世界銀行、2013年。

サハラ砂漠以南アフリカ地域（63％）で高い。女性の経済活動への進出がいちじるしいのは、南アメリカとカリブ諸国で、1980年に36％だったのが30年後には54％に達した。女性の活動の増加は、経済発展、産業部門とくにサービス部門の飛躍的発展、教育レベルの向上、結婚と出産が遅くなったこと、子どもの数が減ったことなどで説明できる。しかしながら、この変化も地域によってはっきりと異なり、女性の役割についての社会基準がさまざまであるし、とりわけ低年齢の子どもを預かる、といった女性が職につくことを支援する仕組みも一様でなく、女性を雇用するときの法的制限がまだ残っている国もある。

全体的傾向として、男女の経済活動参加レベルは近づいている。世界の労働市場において、今日10人に4人が女性だ。

職業の男女格差（ジェンダー・セグリゲーション）

しかしながらどの国にもみられるのは、男女の職業格差である。そこにはもっとも進んでいるとされる国々もふくまれ、男性と女性は同じ分野、同じタイプの企業で働いているのではなく、職種も異なるのだ。女性は農業、サービス業、とくに教育、保健衛生、社会事業、公務員、小売り、外食産業や給食事業に集中している。ヨーロッパでは、女性の約3分の2が合計でたったの10種の職業グループに従事している。販売員と小売業、金融や銀行の中間管理職、教師、看護助手、家政婦、個人向けサービス（ホテル、レストラン、美容など）、事務員、保健医療の中間職（看護師、助産師、理学療法士、医療コーディネーターなど）、医師、その他の医療従事者（薬剤師など）であ

失業率の男女差

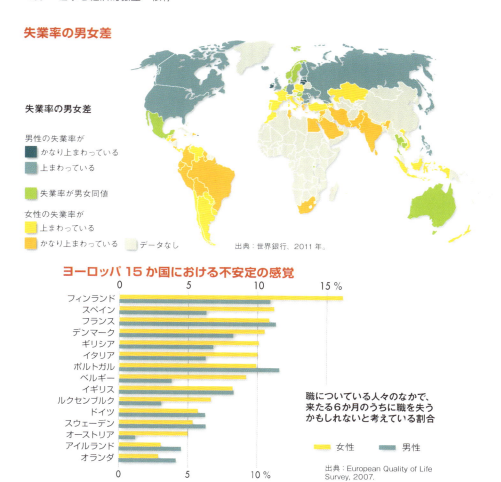

失業率の男女差

男性の失業率が
- かなり上まわっている
- 上まわっている
- 失業率が男女同値

女性の失業率が
- 上まわっている
- かなり上まわっている
- データなし

出典:世界銀行、2011年。

ヨーロッパ15か国における不安定の感覚

フィンランド / スペイン / フランス / デンマーク / ギリシア / イタリア / ポルトガル / ベルギー / イギリス / ルクセンブルク / ドイツ / スウェーデン / オーストリア / アイルランド / オランダ

職についている人々のなかで、来たる6か月のうちに職を失うかもしれないと考えている割合

女性 ／ 男性

出典:European Quality of Life Survey, 2007.

る。集中の度合は男性では小さい。彼らの半数が10の職業グループのどれかに従事し、そこでの多数派である。中小企業や個人の家庭での仕事（家政婦、ベビーシッター、介護士など）では、女性のほうが多い。どこへ行っても、女性は職業のヒエラルキーの下のほうの地位にとどまっていることが多く、最上位のポストに到達することはまれだ。

より不安定な仕事

　もう1つ共通するのは、女性のほうが、仕事が安定していないことだ。女性の失業は男性より多く、現在職についていても、それを失う危険をより多く感じている。しかしそれに例外がないわけではなく、現代の経済危機が伝統的に男性のものと考えられている職種にも影響している。アジア、ラテンアメリカやアフリカ

の大部分の地域では、女性の活動はインフォーマル・セクター［開発途上国にみられる経済活動において、公式に記録されない経済部門、行商や再生資源ごみの収集など］で行なわれているため、病気や失業、歳をとってその仕事を続けられなくなったときも法律による保護が受けられない。

アリアーヌ・パイエ

仕事と家庭

　子どもが生まれると、仕事と家庭の調整に根本的な変化が生まれる。家事にくわえて、子どものしつけや新たな時間的拘束のため、生活リズムを組み立てなおさなければならなくなる。それを支援する公共政策が講じられている国もあるが、それでもやはり世界中のどこでも、この変化に対応するために必要な調整の主要部分を負っているのは女性だ。

　家庭生活と仕事とのバランスは、子どもがいるかいないかに大きく左右される。さらに子どもの数と年齢にもよる。家庭と仕事を並行して行なうのは、とくに幼い子どもをもつ母親にとって非常にたいへんで、それがストレスと疲労を増加させている。働いている時間とそれ以外の時間とのあいだの緊張は、子どもの数とともに増し、3人を越えると非常に高くなる。職場の編成が変わったり、とりわけ業務強化策がとられたり、非正規雇用で勤務時間が変則的だったりするとき、プライベートな領域と仕事の領域のあいだの緊張感が増大する。

3歳から5歳の子どもの就学（入園）

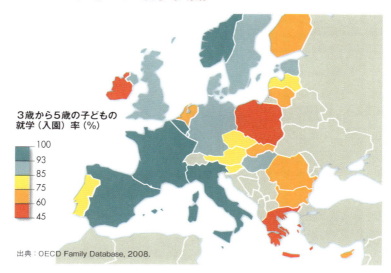

3歳から5歳の子どもの就学（入園）率（％）

100
93
85
75
60
45

出典：OECD Family Database, 2008.

公共政策が鍵となる

　子どもが生まれると、母親はそれまでの職業活動からしりぞかなければならないこともある。パートタイムの仕事に変えたり、職業上で達成したかったことをあきらめたりするのだ。すべては家庭と仕事を調整できるような公共政策がとられているかどうか、幼い子どものいる母親が働くことについての現行基準があるかどうかにかかっている。多くの国で、幼い子どものいる母親は完全に仕事を辞めている。そのうちの多くは、仕事を続けたかっただろう。だが、適切で、経済的にも利用可能な託児組織が整っていないことが、仕事を辞める原因となる。仕事が骨の折れるものであるときはなおさらである。母親たちは産休が終わったとき、あるいは末の子どもが学校へ入って、小さいときより親としての負担が少し軽くなった頃に仕事に戻る。こうした仕事の中断は、仕事と家庭の両立の困難さを軽減するような公共政策がとられている国ではより短い。仕事の時間に合った時間帯で開いている、良質で、補助金を受けた託児所が、幼い子どもたちに提供されているからだ。このような政策は、子どもを産むことへの奨励ともなる。実際、こうした政策を実施している国々では、出生率も女性の就業率も高い。

家事分担の不平等

　日常生活で、家事や子どもの世話の男女間の分担は、不平等な状況が続いている。もっとも若い世代でも、女性は家庭の用事の3分の2を負担している。また子どもにかんして不測の事態が起こったときにも母親が対処することが多い。子どもが病気になったりという緊急の場合、学校や保育園へ駆けつけ、必要なら仕事を休んで面倒を見るのは母親である。男

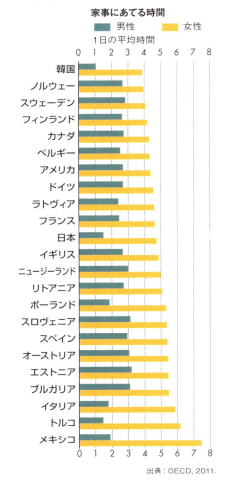

出典：OECD, 2011.

子どものいるカップルの就業状況
2008年における15歳以下の子どものいるカップルの仕事

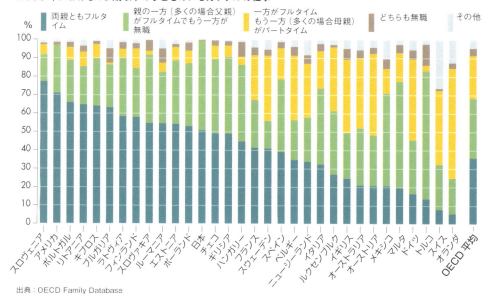

出典：OECD Family Database

> 両親ともが働いているモデルが、OECDの国々の大半を占めている。父親だけが（フルタイムで）働いているモデルは、南ヨーロッパや日本、ハンガリー、メキシコ、トルコのカップルにまだかなりある。父親がフルタイムで、母親がパートタイムで働く形態も増えている。その他の形態はまれである。

性と女性のもっとも大きい違いは、どれだけの時間をそそぐかだ。女性はむらがなく持続的なのに対して、男性はたまに、しかも一時的に手伝うだけのことが多い。

小さな前進

女性の教育レベルの向上は、男女の平等のよりよい実現に有利に働いている。学歴が高く、高い報酬を得ている女性は、容易に有給で家政婦を頼むことができるし、夫に対してよりいっそうの協力を交渉することもできる。だが、さらなる平等主義普及の歩みは緩慢だ。

アリアーヌ・パイエ

公共政策と母親の就業

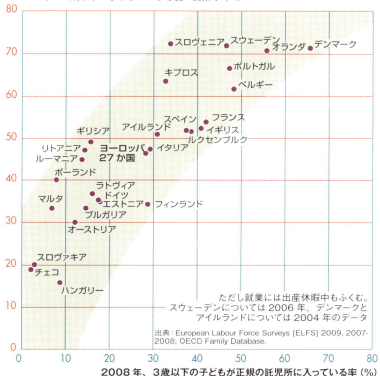

2008年、3歳以下の子どものいる母親の就業率（%）

2008年、3歳以下の子どもが正規の託児所に入っている率（%）

ただし就業には出産休暇中もふくむ。
スウェーデンについては2006年、デンマークとアイルランドについては2004年のデータ

出典：European Labour Force Surveys [ELFS] 2009, 2007-2008; OECD Family Database.

女性は所得が低い

世界中のどの国でも、女性が受けとる金銭での所得は、男性より少ない。この収入の差は、年金が働いていたあいだに受けた報酬に結びついているため、退職してからも続く。もし家事についやした時間が金銭的に評価されれば、この不平等はある程度補われることになるだろう。

女性の所得が男性より少ないということは、世界的な現実である。ここではOECDの国々で所得の2つの重要な構成要素となっている給与と退職年金を見てみよう。

給与の男女格差は、女性の教育レベルが向上し、労働市場への参入が急増したことで、1970年代から縮小していた。ところが1990年代なかば、この傾向はほとんどの地域においても緩慢になり、さらにはそのままおちついてしまった。そのため、まだかなりの格差が残っている。2010年のヨーロッパにおける女性の平均時給は、男性より18%低い。

1時間あたりの労働で計算された給与の格差には、実際に働いた時間の違いはふくまれていないが、女性の多くがパートタイムで働いている。したがって、それぞれ個人が所得という言葉で受けとめている、平均年間給与で考えるなら、格差はもっと大きく、EUの27か国全体においては、23%に達する。概して、公企業部門においては民間企業より男女の給与格差は小さい。

ガラスの天井

同じ企業内の同じポストで、女性の給与が男性より低い、という意味での直接の差別は、男女間の給与格差に影響をおよぼすほどではない。格差は、むしろ職種、その職業における職能や経験のレベルの違いにある。実際、「ガラスの天井」にぶつかる、といわれるように、女性が上位の役職につくことは、男性の場合よりむずかしい。それに、女性はサービス業や保健衛生の分野、あるいは公務員として働くことが多いが、それらの職はたいてい低賃金である。こうした職種にかんする格差は、ジェンダー規範やジェンダー・ステレオタイプの影響によると考えられるが、それらはさらにもっと早い時期に、大学などでの進学コース選びの段階で、あいかわらず女子と男子をはっきりと分ける要因となっている（p.79-82参照）。

家事労働を評価したら

フランスにおける家事労働時間

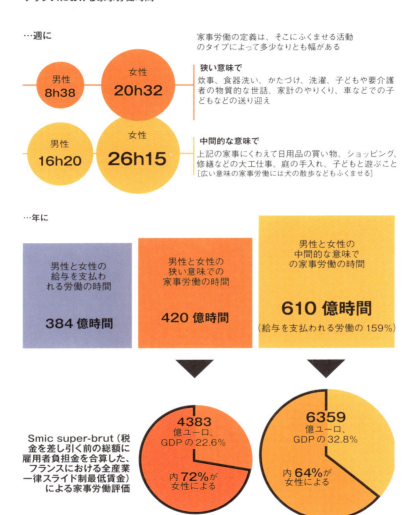

出典：enquête «Emploi du temps» 2010, «Comptabilité nationale»
(pour les heures travaillées), extrait de D. Roy (2012), «Le travail doméstique: 60 milliards d'heures en 2010», Insee première, n° 1423.

退職後も格差は続く

　年金の額は、退職金制度に分担金を払った年数と現役時代に受けとった給料による。したがって、キャリアの中断やパートタイムといった、現役時代に積み重なった男女間の差を反映する。年金制度が出資にもとづかない（職業活動にかかわらない）仕組みもある程度ふくんでいるとはいえ、男女間の格差をほんの部分的にしか補填していない。格差は、明日の年金受給者となる後輩の女性たちほど労働市場に参加していなかった、昔の世代に属する現在の年金受給者に比べても、よりいっそう開いている。

　個人のレベルでの男女のあいだにみられる所得の格差は、彼らが夫婦で暮らしていて、資産を共有する場合は部分的に緩和される。EU27か国で、世帯の人数によって修正した、処分可能な収入による生活水準を評価すると、男女格差は小さくなる。それで見ると、女性の生活水準は男性より5％低いだけである。格差が12％と開くのは、一人暮らしの女性が多くなる65歳以上である。

家事労働の価値を評価する

　労働の金銭的な次元に範囲をかぎると家事による生産、つまり家庭内での労働をとおして個人が生産する富やサービスを見ないことになる。この報酬を受けない労働も、国民の物質的な幸福を生み出す一端を担っている。だからといってこれは、GDPのような国内生産に算入されていない。もし家事労働の時間の価値が、Smic super-brut［税込法定最低賃金に雇用主による保険などの負担を加算したもの］のような指標を使って評価されるなら、このタイプの生産はGDPの約3分の1に寄与することになるだろう、そしてフランスではこの富の64％は、女性が生み出している。おもに女性によって行なわれている家事労働を認めることは、女性の富の生産へのほんとうの貢献度を、よりはっきりと可視化することになるのではないだろうか。

キャロル・ボネ

女性は所得が低い・115

給与と退職年金の格差（ヨーロッパ）

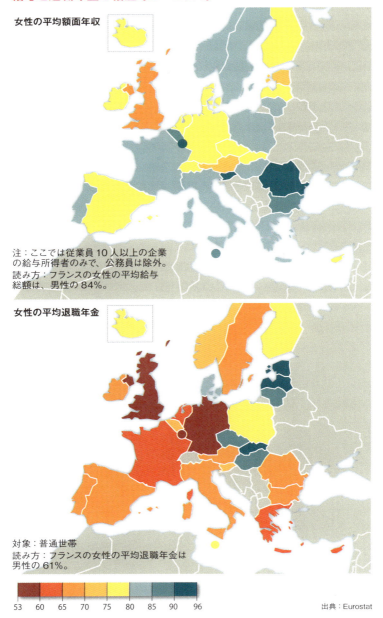

女性の平均額面年収

注：ここでは従業員10人以上の企業の給与所得者のみで、公務員は除外。
読み方：フランスの女性の平均給与総額は、男性の84%。

女性の平均退職年金

対象：普通世帯
読み方：フランスの女性の平均退職年金は男性の61%。

53　60　65　70　75　80　85　90　96

出典：Eurostat

116 ・ 仕事と経済的独立・依存

相続権と所有権

　　財産や相続財産の取得を律する規範は、富や経済力が人々のあいだで、とりわけ男女のあいだでどのように分配されるかを物語る。世界中のほとんどどこにおいても、女性が所有者であることは男性の場合より少ない。なかには、娘や妻に、亡くなった親や夫から相続する権利がない国もある。

　多くの地域において、娘たちには家族の財産の相続が、その兄弟たちと同じ資格では認められていない。慣習法が国の法律——これがあればの話だが——に優

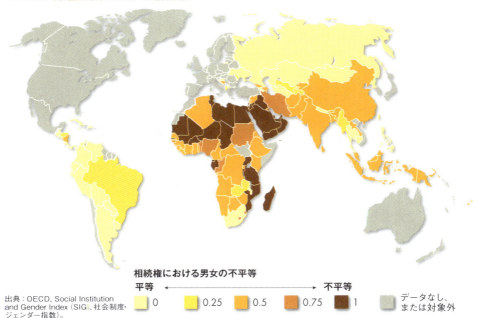

OECD 非加盟国における相続権

相続権における男女の不平等
平等 ←　　　　　　→ 不平等
0 ／ 0.25 ／ 0.5 ／ 0.75 ／ 1　　データなし、または対象外

出典：OECD, Social Institution and Gender Index (SIGI、社会制度・ジェンダー指数)。

「社会制度・ジェンダー指数」は、OECDによってOECD非加盟国について作成されたもので、とりわけ、親や配偶者が亡くなったときの相続における男女間の平等水準を教えてくれる。数値0は、女性が男性と同等の相続権をもつことを示す。数値1は、娘や妻が、亡くなった親や配偶者の財産を、兄弟や夫と同じ資格で相続できないことを示す。

越して、死亡した親の財産の相続を息子だけに制限していることがよくある。こうした相続規則における女性の拒否は、男女間の社会的・経済的不平等を増殖させる根本的要因であり、ひいてはジェンダー不平等の要因となっている。経済協力開発機構（OECD）の「社会制度・ジェンダー指数」（SIGI）が入手可能な（EUとOECD以外の）121か国のうち、86か国は、2012年に女性に対する差別的相続が実践されている、あるいは法律で定められている状況だった。

相続にかんする女性差別は、とくに農耕社会に顕著で、女性はしばしば農業の働き手として男性に優越しているのにもかかわらず、その土地の所有者となることができない。上に示した121か国において、女性が保有しているのは土地所有権名義の15％でしかない。

慣習法対国内法

相続にかんする女性の権利の有無は、実際、彼女たちが土地を所有することができるかどうかに影響する。とくに財産の取得、分けても土地の取得が相続を介して行なわれている国では深刻である。たとえばメキシコでは、法律がエヒダタリオ（農地解放の際、共有地の上に権利を取得した人々）に、自分の選んだ人物にこの個人の権利を伝えることを許しているが、実際に選ばれるのは、ほとんどの場合長男である。慣習法が優勢の場合、女性の相続権はしばしば父系制家

族システムのなかで限定的なものとなるが、実際、そのようなシステムにおいて財産は、完全に男性相続人だけによって、あるいはほぼ彼らだけによって継承される。中国の農村部においては、父系制がいまだに多くの地域でかなりの力をにぎっていて、相続にかんする男女の平等法が1992年に定められたのにもかかわらず、いまも家屋や家族のわずかな土地を受け継ぐのは、ほとんどつねに息子である。ネパールにおいては、2002年以来、娘たちにもその兄弟たちと同等の権利があたえられたものの、結婚するときは自分の相続分を彼らに返還しなければならない。ナイジェリアにおいては、個人の遺書がない場合は、慣習法が適用されるが、一部の共同体では、伝統的な長子相続の実践によって息子への優遇が続いている。インドでは、憲法が男女間の平等を認めているが、同時に（相続だけでなく結婚や離婚にあたって）さまざまな民族や宗教が個人に適用する法も認めていて、一部地域では、慣習法が実施されている。バングラデシュでは、相続はそれぞれの宗教にもとづいて行なわれる。ヒンズー教徒はイスラム教徒と同様、妻たちや娘たちは相続することがなく、もっともよい場合でも、亡くなった夫や父親の財産のうち、やっと生活できるギリギリを受けとるだけだ。

女性の相続権は、母系社会でも制限されている。そこでは財産が母系継承されるにもかかわらず、所有権の管理は家族

住居の所有権

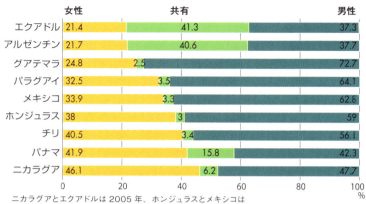

ラテンアメリカにおける、夫婦の住居の所有権

	女性	共有	男性
エクアドル	21.4	41.3	37.3
アルゼンチン	21.7	40.6	37.7
グアテマラ	24.8	2.5	72.7
パラグアイ	32.5	3.5	64.1
メキシコ	33.9	3.3	62.8
ホンジュラス	38	3	59
チリ	40.5	3.4	56.1
パナマ	41.9	15.8	42.3
ニカラグア	46.1	6.2	47.7

ニカラグアとエクアドルは2005年、ホンジュラスとメキシコは2004年、チリとパナマは2003年、アルゼンチンは2001年、パラグアイとグアテマラは2000年の統計。

の男性メンバーがにぎっているからだ。たとえばブルキナファソの大半を占めるモシ族においては、妻たちや娘たちは一般に土地を継承しない。イスラム教徒の女性たちでさえ、イスラム法（シャリーア）のおかげで、男性の半分の権利は認められているにもかかわらず、兄弟のために自分の権利を放棄する傾向にある。

所有権取得の制限

女性に所有権を有効に譲渡するのは、なかなかの難問である。法律の規定と生活の実態がかけ離れていることが多いからだ。あきらかに差別的な国内法がなくても、所有権取得、とりわけ土地の所有権について、男性と女性では多くの場合依然として不平等である。また、女性がある財産をもっていたとしても、少しも思いどおりにできないことがある。家族や社会の圧力が、それにかんする決定権を男性にまかせるようにうながすのだ。保守的なイスラム教徒の国のなかには、女性の所有権は、父親や夫といった男性の後見に服するところもある。アフリカの国の多くでは、植民地時代の旧法を組み入れた多様な法制度に、新しい憲法と慣習法（同様に、地域によってはシャリーア）が重なりあって、複雑なシステムとなっているが、そこからは女性の所有権の有効な行使がはぶかれている。

先進国では今日、相続と所有にかんする男女間の平等が制定されているが、それでもやはり女性は男性に比べて不動産を所有することは少ない。女性の財力がおとるのは、融資を受けることがしにくい（これも平均収入が男性より少ないこ

とによる）ことによるが、その結果、た
とえばフランスでは、不動産のための融
資契約をしている独身者のうち、女性
は３分の１しかいない。アメリカでは、
2009年に契約された不動産融資全体の、
３分の１（32％）が男性のみ、20％が
女性のみ（48％がカップル）によるも
のだった。イギリスでは、1970年にまだ、
女性は、男性が保証人になるのでなけれ
ば、担保付き融資を受けることができな
かった。

有利な方向への変化

　とはいえ、改善は進行中だ。世界銀行

が明らかにしたところによると、1960
年から2010年のあいだに、調査対象と
なった100か国（先進国と発展途上国）
で、女性の所有権や法律行為を行なう権
利の制限が、半分以上廃止された。た
とえばボツワナでは、2012年の判決で、
相続を男性だけにしか認めない部族法を
無効として、女性に相続権を認めた。モ
ロッコでは、2004年に家族法が修正さ
れて、女性の相続権が改正され、以後所
有権は夫婦に共有されるようになった。

イザベル・アタネ

貧困にさいなまれる女性たち

世界中で、貧困は減少している。しかし、先進国においても発展途上国においても、貧困におちいるのは男性に比べて女性のほうが多い。すべての国で、女性の平均所得は男性より低い。学校にも、安定した仕事にも、財源にも世襲財産にも近づけないことが、何億人という女性を貧困の袋小路に追いこんでいる。

全般的に見れば、貧困は減っている。1980年代には、20億近くの人々が、日に1.25ドル以下［世界銀行が定めた国際貧困ライン］という極度の貧困状態にあったが、30年後、13億人に減少した。だがそれらの人々のうち、10人に7人は女性だ。世界中で、女性の所得を平均すると、男性の所得の半分より少し多いだけである。

貧困を測るのには、国民貧困ライン［その国の国民の所得の中間値の60%以下］がもっともよく使われる。しかし、この調査法は、何人の人々が貧困であるかを示すが、その程度や形態についてはなにも語らない。さらに、この指標は、社会経済状況や文化の違いが大きいことを考慮して、国々に等級をつけることを禁じている。しかも貧困はたんに金銭だけの問題ではない。教育、資産、融資、人なみの住居、健康な生活に必要なインフラなどもまた、貧困の状態を定義する基準である。国連開発計画（UNDP）は、そこで「多次元貧困」の状況を算定した。その評価によると貧困者はより多く、17

億人となり、これは世界の人口の4分の1にあたる。

女性の貧困

貧困の一般的な特徴は、大半が女性だということである。男性と女性の社会的役割が依然として区別されているために、女性は男性ほど貧困から抜け出す力がない。そのため世界中で、恒常的に飢えに苦しんでいる人々の60%は女性と女児となっている。その上、8億ほどの読み書きのできない人々の3分の2が女性であり、学校へ行っていない子ども全体の3人に2人は女子である。研究によって、女子が小学校へ1年多く通うごとに、将来の収入が10から20%高くなることが明らかになっている。また、女性が所得をまかされる部分が大きいと、子どもたちの栄養、健康、教育が改善することもわかっている。発展途上国の多くでは、国内法あるいは慣習法が、女性の所有権を制限しているので、彼女たちが生産手段や家計の上にもつ主導権はかぎられた

貧困にさいなまれる女性たち・121

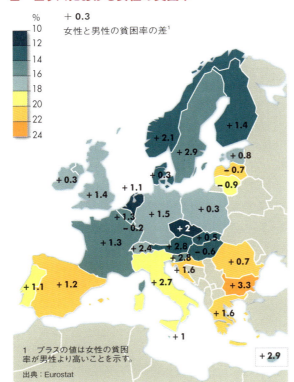

ヨーロッパにおける女性の貧困率

ここで貧困率とは、国民の所得分布の中間値の60％以下の人の割合である。EU全体では女性のほうが高く17.1％、男性は15.7％。ブルガリア、スウェーデン、オーストリア、イタリアで、女性により不利な数字となっている。ブルガリア、ギリシア、スペイン、ルーマニアでは、5人に1人が貧困状態にあるが、そのなかでも女性のほうが男性より貧しい人が多い。フランスにおける男女差は、EU全体とほぼ同じである。

1 プラスの値は女性の貧困率が男性より高いことを示す。
出典：Eurostat

ものであることが多い。だが実際、家族の生存はしばしば女性たちにかかっていて、国連開発計画によると、サハラ砂漠以南アフリカの女性たちは、毎日合計で2億時間を水くみについやしている。それが1日の4分の1を占めている人さえいる。これでは、報酬を得られる仕事についたり、ましてや地域経済の発展に貢献できるような時間はほとんどなくなってしまう。

貧困と開発

開発は女性の境遇改善にとって、必要な条件であるが十分な条件ではない。男性がよりよい報酬の仕事を求めて都会へ移り住むと、妻は家族の日常生活の手あてと管理を1人で遂行することになる。さらに、家族経営の事業を維持しなければならないこともよくあって、女性への重圧はさらに強まる。もっとも豊かな国々においてもやはり、男性より多くの女性が貧困に直面している。一人暮らしだったりシングルマザーだったりする

122 ・ 仕事と経済的独立・依存

女性は、よい報酬を得られる仕事につけることも少ない。そのようなケースでは、わずかな給料（または退職年金）を受けとり、多くは不安定な仕事やパートタイムの仕事を続けている。

イザベル・アタネ

貧困ライン以下の人々の割合

メキシコ

農村地帯では、女性の**3人に1人**が食べるものに困っている。350万人の農地権者のうち女性はたったの**14%**なのに対し、生活力の欠乏（食糧、健康、教育といった基本の必要性を満たすことができないこと）に苦しむ人々の**60%**が女性だ。

ナイジェリア

2012年には、女性の70%が貧困ライン以下の暮らしをしていた。また貧困ライン以下の人々の70%が女性だった。

フランス

貧困者の**54%**を女性が占めている。65歳以上では**66%**となる。低収入の片親家庭では、生活保護を受けている人の**95%**が女性である。

出典：Insee

トルコ

女性は**26%**しか報酬のある仕事についていない。もしあと**6%か7%**の女性がフルタイムの仕事につけれれば、貧困は15%近く減少すると考えられる。働いている**女性の2人に1人**近くが、脆弱な仕事についているが、これに対して男性は4人に1人だ。
（世界銀行による）

アメリカ

2011年の女性の貧困率は**14.5%**、男性は**10.9%**。黒人女性では**25.9%**、ヒスパニック系の女性では**23.9%**に達する。

出典：US Census Bureau

バングラデシュ

今日では、貧困ライン以下は3分の1だが、1980年代末には、3分の2だった。「バングラデシュでの貧困の縮小は途方もない成功をおさめた。10年前にはだれも考えすらしなかったほどだ。政府とNGOによって機会が創設されたことによる**女性の経済活動への参加**が、この成功の1つの大きな要因となっている」[1]

注1　Qazi Kholiquzzaman Ahmad, economist, 2013.

124 ・ 仕事と経済的独立・依存

移動する女性たち

1990年代初めから観察されている、加速し、グローバル化する大量国際移動の新時代のなかで、女性の移民が増えている。女性による移動の増加は、女性の自己決定権が大きくなったことの表れではないかと見る意見もあるが、これにはふくみをもたせて考えなければならない。移動することはつねに解放をともなうわけではないのだ。

男性と同じく、家族の生活費を捻出するために、みじめな暮らしや抑圧や暴力から抜け出すために、あるいは生まれた土地から離れたところでの雇用や結婚によって、社会的地位を向上できるのでは、との希望をいだいて、女性も都会へ向か

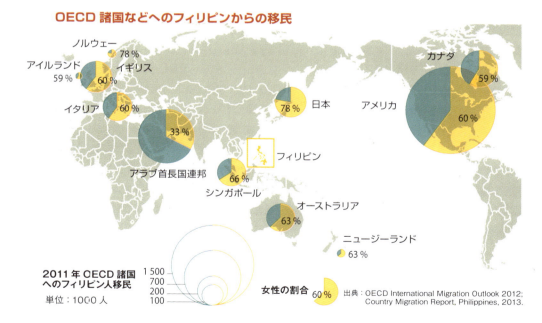

OECD諸国などへのフィリピンからの移民

ノルウェー 78％
アイルランド 59％
イギリス 60％
イタリア 60％
アラブ首長国連邦 33％
シンガポール 66％
日本 78％
カナダ 59％
アメリカ 60％
オーストラリア 63％
ニュージーランド 63％

2011年OECD諸国へのフィリピン人移民
単位：1000人
1500 / 700 / 200 / 100

女性の割合 60％

出典：OECD International Migration Outlook 2012; Country Migration Report, Philippines, 2013.

2013年には380万人のフィリピン人女性がOECD諸国に住んでいる。これは、250万人のフィリピン人在留者のおよそ半分が女性であると考えられる（推定）湾岸諸国をふくまない数字である。在留資格のない人々（サンパピエ）も数に入っていない。フィリピン当局は、3万人以上のフィリピン女性がフランスとイタリアに不法滞在しているだろうと見積もっている。

う。19世紀のパリにおけるブルターニュ出身の女性、1950年のロンドンのジャマイカ人女性、今日のマドリードのペルー人女性など多くの姿が、こうした歴史を通りすぎた。1人で、家族で、または配偶者などの近親者のもとへ行くため、国内あるいは国境を越えてのおびただしい数の移民のなかで、女性たちの

出身国別移民女性の割合

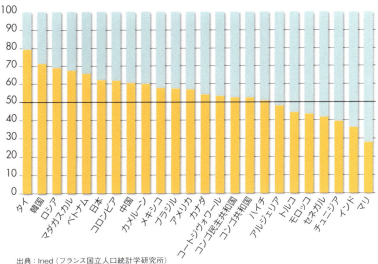

出典：Ined（フランス国立人口統計学研究所）

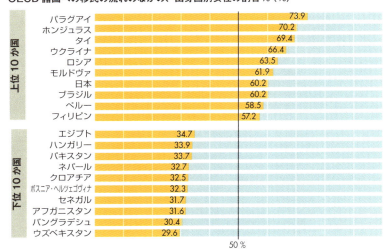

出典：OECD, International Migration Outlook 2012.

存在はますます顕著となっている。移民政策、経済変革、就学率が拡大したこと、または受け入れ国側にコミュニティ・ネットワークができていることなどが、移民のなかに女性の割合が増えている理由を説明できるだろう。半世紀前から、女性は国境を越えての移民の約半数を占めていた。この数字の後ろには、さまざまな人々の流れが隠れているが、そのそれぞれが特有の事情や政治状況をかかえている。旧植民地からの移民、大量の難民、学生の移動、「頭脳流出」あるいは退職者の移住などが世界の地域を結びつけているが、そのなかに女性も大勢ふくまれている。

雇用と結婚、移民女性増加の2つの力学

20世紀初頭のヨーロッパでは、工場や鉱山、建設業の経営者たちは、おもに男性の外国人の労働力に頼ったが、なかでもイタリアとポーランドで、それに応える移民が多かった。

政治的亡命者も経済的移民に混じって、フランス、ベルギー、イギリスなどの街へやってきた。女性たちも1人で、あるいは家族といっしょに移動して、家事使用人や縫い子、織物工場の工員などの職を得た。1945年以後の経済回復とともに、本国と旧植民地は双方の合意があったり、歴史的関係のままだったりしたが、トルコからドイツへ、マグレブ諸国［モロッコ、アルジェリア、チュニジア］やサハラ砂漠以南アフリカからフランスへ、インド亜大陸［インド、パキスタン、バングラデシュなど］やカリブ諸国からイギリスへと、移民たちは向かった。世界各地からの需要にまかせて女性の数も増えた。仕事の男女別にしたがって、建築現場や自動車工場へは男性移民の流れが向かい、看護師や家事使用人の需要には女性移民が応えた。フィリピンからの出稼ぎ移民がそのよい例で、中東の工事現場や貨物船で雇われることの多かった男性が、1980年代まで多数派だったが、その後はアジアやヨーロッパ、北アメリカで、とくに家事労働サービスの雇用が増えてきた女性の数が、それをしのぐようになった。

女性にはもう1つ移住のタイプがある。結婚のための移住で、1990年代初めか

女性の移民の変遷

国際移民ストックのうち女性の割合
［国際移民ストックとは、ある国やある地域において存在する国ごとの国勢調査、住民票などから国際移民を集計した数］

出典：Zlotnik, «The Global Dimensions of femal Migration», 2003 (migrationinformation.org); UN Population Division (ズロトニックは国連人口部長), «Trends in International Migrant Stock», 2013.

ら、とくにアジアで多い。男性が自国で伴侶を見つけられないことがおもな原因となり行なわれるようになった。中国やベトナム、フィリピン、タイ出身の女性たちが、結婚仲介業者や家族や友人たちの仲立ちによって、韓国や台湾や日本へ渡っている。

もっとよい世界へ？

　多くの女性にとって、外国へ出ていくことは、新しい地平が開けるかもしれない選択の1つだ。だが、状況によっては、結婚することや家事使用人として雇われることで、新たな束縛におちいってしまうこともある。多かれ少なかれ自分で選んだこの移住によって、脆弱な立場に立つことになり、さらには暴力の被害者となってしまうこともあるのだ。このような女性移民に対する行為は、雇い主の家での家事労働のように比較的外から見えにくい状況で行なわれ、彼女たちはそこで孤立無援である。たびたびマスメディアでもとりあげられているが、雇い主の家族に搾取され、さらには自由を奪われた、フィリピンの女性の場合などを見ればわかるだろう。そのためいくつもの国で、女性移民を守る法規が制定された。また多くの国において、地域的あるいは国際的レベルで自分たちの権利を守るため、移民の女性たちが立ち上がっている。

　　　　　　　　ステファニー・コンドン

不平等との闘い

女性の権利と生活条件の進歩は、政治闘争と密接にかかわっている。

それはまた、おもだった国際機関や政府が、男女間の不平等を意識することから生じる。19世紀から、世界規模の運動の連携が、選挙権のような公的な領域においても、妊娠中絶の権利や結婚に付随する権利のような私的な領域においても、さまざまな権利を前進させてきた。それでもなお、政治や経済の領域での女性の地位にかんする指標や国同士の比較を見ると、平等はまだ遠い地平にとどまっていることがわかる。

世界の女性組織

19世紀の終わりから、あらゆる社会において女性は、奴隷であろうと、労働者、ブルジョワ、社会主義者、平和主義者、植民地の原住民、移民であろうと、みずからの権利のために闘い、平和主義の、反植民地の、奴隷制度反対の闘いを支援してきた。

フェミニズムという言葉は、1892年のパリで行なわれた国際女性会議の際に採用されたのだが、女性の組織活動は、それより早くはじまっている。フェミニズムには3つの大きな波があった。最初は19世紀から20世紀前半で、女性の選挙権のための闘いだった。その運動家たちに対する［参政権suffrageをもじった］「サフラジェット」というおかしなあだ名も、平等のためのこの要求に対する男性の抵抗を証明している。ヨーロッパにおいては、フェミニストの2つの流れが対立していた。1つは社会主義者によるもので、女性の闘いは階級闘争と混同してはならないとしたが、もう1つは「ブルジョワ」フェミニストによるもので、前者からは特権階級の利益を擁護していると、非難されていた。中国では、女性の選挙権のための闘いは、19世紀末、エリート層の女性たちに主導されたもので、彼女たちはおもに裕福な家庭の出身で、海外で教育を受けていたため、同国の指導者たちの目に疑わしく映

った。セネガルのような国では、原住民女性の選挙権獲得の闘いは、選挙権を認められている植民地宗主国の女性との差別との闘いでもあった。イランにおいては、女性解放運動の団体が20世紀初頭に創設されて、女性の政治的権利と民法典の変更を求めた。この変更を実現させるため、団体は女子の教育に焦点を合わせ、女性の雑誌も多数刊行した。インドでは、20世紀初めの女性組織のネットワークは、女性の選挙権を要求したが、それと同時に女子の教育促進も要求した。インドにおけるその頃の女性運動は、ほかの非独立国と同様、反植民地の運動と密接に結びついている。

国際化に向かって

1960年代に、女性運動はある特殊な抑圧に気づいた。女性が行なっている無償で、目に見えない労働である。そこでフェミニストたちは、いつまでもなくならない女性の従属を説明しようとし、階級間の関係だけにとどまって男女の不

世界の女性組織・131

女性の権利運動に影響を与えた主要な人物と出来事

フロラ・トリスタン

(1803 ― 44) 大旅行家、活動家、労働者。1838年に『ある不可触賎民の遠征 (Les Pérégrinations d'une paria)』と題した著書で、フランスとペルーの社会における [フロラ・トリスタンの父はペルー人、母はフランス人、ポール・ゴーギャンの祖母にあたる] ジェンダーと階級の力学の報告をするだけでなく、この認識を政治化する能力を証明した。彼女は自分が女性であり労働者であるために、二重に排斥された「不可触賎民」であると認識していた。作家で、すてられた娘、打ちのめされた母、労働者活動家である彼女の思想は、旅と、さまざまな社会層や文化との出会いから生まれた。フェミニストと労働者階級のために闘った人物として広く世に認められ、ペルーやケベックやヨーロッパなどで、多くの女性のための施設にその名前がつけられている。

シモーヌ・ド・ボーヴォワール

(1908-86) カトリックでブルジョワ階級の出身。哲学の上級教員資格(アグレジェ)をもつが、執筆に専念した。1949年、『第二の性』を出版、国境を超えてフェミニストたちの参考書となった同書で、ジェンダー役割を形づくり、女性を制限する社会慣習、規範、しきたりを批判した。「人は女に生まれるのではなく、女になるのだ」。その生き方、著書、公共への働きかけによって、世界中の大勢のフェミニストたちの指標となった。

平等に目を向けない分析を批判した。1970年代になると、アメリカではブラック・フェミニズム運動が、ジェンダー差別と人種差別と階級の抑圧の問題を結びつけて、主流のフェミニズム思想とは距離を置いた。といっても、1930年代からすでに、先駆的団体が、黒

- 1793年・オランプ・ド・グージュによる「女性と女性市民の権利宣言（女権宣言）」
- 1893年・ニュージーランドがはじめての国として、女性に選挙権を認めた。
- 1910年・第2回国際女性社会主義者会議が、コペンハーゲンで開催され、毎年国際婦人デーを祝うことが決定。
- 1910年・ラテンアメリカのブエノスアイレスで、第1回国際女性会議
- 1917年・マドラス（インド）で、「女性のインド協会」設立
- 1918年・南アフリカで「バントゥー女性連盟」設立
- 1923年・フダー・シャアラーウィーが「エジプト・フェミニスト連盟」創設
- 1946年・国連の経済社会理事会に「女性の地位委員会」創設
- 1948年・「世界人権宣言」が国連で採択される
- 1949年・シモーヌ・ド・ボーヴォワール『第二の性』
- 1970年・アメリカでブラック・フェミニズム運動
- 1970年・フランスで女性解放運動
- 1970年・エスター・ボゾラップ『経済開発における女性の役割』
- 1974年・インドの女性の地位についての委員会報告書「平等に向かって」
- 1975年・国連による、メキシコでの最初の世界女性会議
- 1979年・「女子に対するあらゆる形態の差別撤廃に関する条約」の採択
- 1980年・国連による、コペンハーゲンでの第2回世界女性会議

アンジェラ・デイヴィス

1944年にアラバマで生まれたアメリカ黒人で、哲学教授。コミュニストであり、ブラック・パンサー党［あるいは黒豹党。1960年後半から1970年代にかけて、アメリカで黒人民主主義運動・黒人解放闘争を展開していた急進的な政治組織］とともに、女性の市民権のために闘った。カリフォルニア大学の女性学部長をつとめた。著書『女性、人種、階級（Women, Race & Class）』のなかで、とくにアメリカにおける前世紀の白人奴隷廃止運動やフェミニスト運動の人種差別的、階級主義的側面の批判的分析を行なった。ブラック・フェミニズムの重要人物の1人である。

- 1981年・コロンビアでの第1回ラテンアメリカ・カリブ地域フェミニスト集会
- 1984年・インドのバンガロールで、DAWN設立
- 1985年・国連による、ナイロビでの第3回世界女性会議
- 1988年・チャンドラー・タルパデー・モーハンティーの講演「西洋の目で」
- 1992年・リオデジャネイロで環境と開発にかんする国際連合会議、女性の惑星
- 1994年・カイロで国際人口開発会議
- 1995年・国連による、北京での第4回世界女性会議
- 1996年・女性の世界的歩み、貧困と女性に対する暴力に反対する世界ネットワーク
- 2000年・国連安保理事会の女性・平和・安全保障にかんする1325号決議
- 2010年・UN Women（ジェンダー平等と女性のエンパワーメントのための国連機関）設立

ヴァンダナ・シヴァ

1952年、インドに生まれ、物理学者であるとともに、哲学の博士号ももつ。インデアン・インスティチュート・オヴ・サイエンスで環境政治学の研究を行なう。マリア・ミースとともにエコフェミニズムの流れの基礎を築き、もう1つのグローバリゼーション（オルター）の活動家で、伝統的・有機農業を擁護する。開発における原住民の人々の役割と、自然と文化の多様性の保存を強調する。1993年、「女性とエコロジーを現代の開発についての論述の中心に置いたことにより」第2のノーベル賞といわれるライト・ライブリフッド賞を受賞。

人女性の闘いの認知を要求している。最初の家事使用人の団体（圧倒的多数が黒人女性だった）がブラジルのサンパウロ州で創設されたのだ。その後、黒人女性の国家諮問委員会が1950年に創設され、それに着想を得て、1985年ブラジルに、女性の権利の国立諮問委員会がで

きた。1980年代からは、アフリカに祖先をもつ、移民出身あるいは低いとされるカースト出身の女性原住民の組織の試みと抗議の声が、数多くの国で上がった。こうして3つめの波が表面化した。

　フェミニスト運動は多様化し、分裂し、以後はそれぞれに女性のアイデンティテ

ィと女性の立場を主張することになる。開発途上国の女性について、とおり一遍のイメージが作られていることが、告発される。「西欧の女性は、教育があり、現代的で、労働市場へ出て働き、自分の体やセクシュアリティを自分のものとして自由にできるし、決断も自由である」のに対して、植民地の女性は「被害者で、無力で、伝統に従っていて声を出さない、行動を起こすこともしない」とするイメージづけを、女性組織は拒否した。インド、パレスティナ、南アフリカ、メキシコ、その他どこであろうと、19世紀から世に現れた女性組織は、フェミニズム思想の構築に非常に豊かな貢献をした。

世界レベルでの進歩

女性団体の活動のおかげで、さまざまな国際機関が創設された。４つの女性会議が組織され、国際条約、とりわけ「女子に対するあらゆる形態の差別の撤廃に関する条約（女子差別撤廃条約）」が採択された（p.134参照）。さまざまな国連の会議が召集されるのと並行して、数多くの女性団体、大学機構、あるいはフェミニスト運動の代表者たちにより、DAWN（Development alternatives with women for a New Era）や WLUML（Women Living Under Muslim Law）や「女性の世界的歩み」などのネットワークが生まれた。発展しつつある女性についての研究領域が形成され、フェミニスト理論とジェンダーについての省察を深化させている。今日、女性団体は、ジェンダー不平等にかんする問題を進めていくのに、女子差別撤廃条約を根拠とすることができるようになった。争点はもはや選挙権ではなく、男女の支配力の不均衡から生ずる社会的・経済的権利である。

クリスティーヌ・ヴェルシュール

女子差別撤廃条約と
その他の国際条約

多くの女性たちによる、また数十か国における長い努力の結果、1979年、「女子に対するあらゆる形態の差別の撤廃に関する条約（女子差別撤廃条約）」が国連で採択され、1981年発効した。しかし、国によってこの条約への賛同の度合には差があり、いまだに拒否している国もある。

男女間の平等と女性に対する非差別の原則は、1948年、国連の世界人権宣言によって確認され、同宣言は「すべて人は、人種、皮膚の色、性（…）いかなる事由による差別をも受けることなく、この宣言に掲げるすべての権利と自由とを

女子差別撤廃条約の批准

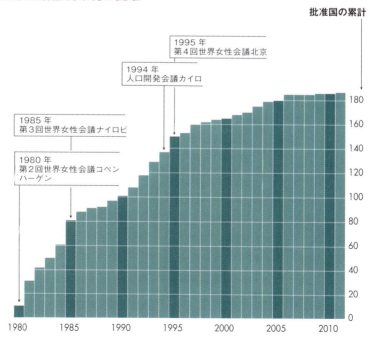

享有することができる」（2条）、「男女は婚姻に関し、婚姻中およびその解消に際して平等の権利を有する」（16条）と規定している。

4つの条約と女子差別撤廃条約の議定書

この承認によって、4つの重要な国際条約に道が開かれ、以後、世界のよりよい男女平等の実現に向けた努力が続けられている。4つの条約とは、1953年の「婦人の参政権に関する条約」、1957年の「既婚婦人の国籍に関する条約」、1962年の「婚姻の同意、最低年齢および登録に関する条約（婚姻の同意等に関する条約）、1979年「女子に対するあらゆる形態の差別の撤廃に関する条約（女子差別撤廃条約）」で、これは1999年の「選択議定書」によって補完された。

これらの条文は、男女の平等を促進し、政治・婚姻・健康にかんする権利、教育や雇用へのアクセスの女性差別に対して闘おうとするものである。女子差別撤廃条約は、これらにくわえて、避妊の権利と妊産婦死亡との闘いもうたっている。このように人権の概念を拡張し、ジェンダー・ステレオタイプとの闘い、男女間の格差を埋めるためのポジティブアクション［少数民族・女性・障害者などに対する社会的差別を是正するために、雇用や高等教育などにおいて、それらの人々を積極的に登用・選抜すること］を奨励している。そして、1999年の任意の議定書が、この条約で守られる権利を認めない国家に対して、個人や団体に女子差別撤廃条約委員会に最終的な訴えを起こすことを認めることで、平等の積極的な促進を可能にしている。女子差別撤廃条約は、女性

女性の権利にかんする条約の批准状況

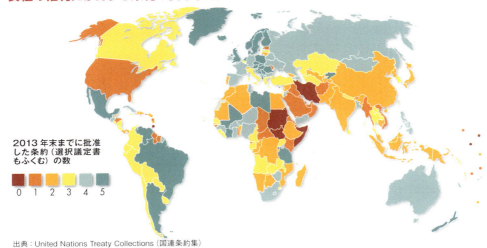

2013年末までに批准した条約（選択議定書もふくむ）の数
0　1　2　3　4　5

出典：United Nations Treaty Collections（国連条約集）

136・不平等との闘い

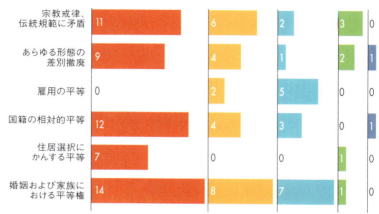

1 日本、オーストラリア、ニュージーランドを除く。
中央ヨーロッパ、東ヨーロッパ、中央アジアからは留保が表明されていない。
出典：Enquête de justice, Le progrès des femmes dans le monde 2011-2012（公平を求めて、世界における女性の前進）, UN-Women, 2011.

の権利にかんしての国連のはじめての条約ではないが、その規定が徹底しているため、今日この問題の典拠となっている。

反論のある条項

　国によって、この条約に賛同する度合はさまざまである。国際条約に調印することによって、国家はその条約が奨励する原則に賛同する意志を示すことになる。しかし、調印そのものはその国家の次に続く行動（批准するかどうか）をかならずしも示すものではない。その一方、一度国際条約を批准すれば、当該国家は、その基本方針を実施する法的義務を負う。

　結婚にかんする条約は、193か国中55か国が批准した。既婚婦人の国籍については74か国が、参政権についての条約では122か国が、女子差別撤廃条約では、調印しただけのイランとソマリアとスーダン、そしてアメリカを除いて187か国が批准した。選択議定書のほうは、104か国によって批准された。

　条約への賛同の枠内で、各国は「留保」を表明しうる、つまり彼らの伝統や宗教、国民文化とあいいれないという理由で、その規定を部分的にしか実施しないということができる。たとえば、マレーシア、アルジェリア、モロッコは、国

内法に反するとして、国籍にかんする第9条に対して留保を表明している。婚姻と家族にかんする男女の平等をめざした第16条にはさらに反対が多く、留保国の半数以上の国々が、この条文に留保を表明した。このような留保は、批准の意味を失わせかねない。平等を受け入れたといっても、明白な不平等がある部分を除外しているからだ。留保なしで批准している国々は全体の78％すぎない。

各国の義務

女子差別撤廃条約を批准すると、国はその国の女性の状況について最初の報告書を、改善計画とともに提出しなければならない。その後は4年ごとに、進捗状況の報告をする。これら報告は、女子差別撤廃条約委員会で検討されるが、この委員会は各国政府に任命された23人の委員からなり、国の代表の意見を聴聞して、所見を作成する。これが複数の言語で、国連のウェブサイト上で公表される。しかしながら、最初の報告書をまったく提出しない国（2007年に28か国、2013年に18か国）もあれば、調査結果をなかなか提出しない国もある。

NGOにも独自の要求書を作成する法的手段がある。個人や団体による女子差別撤廃条約規定が実践されていないとの訴えは、定期的に吟味され、場合によっては勧告、さらには調査が行なわれる。それゆえこの国際条約は、地域の権利擁護の要求に支援を提供しうる手段となっている。

アルレット・ゴーティエ

138・不平等との闘い

女性参政権普及の１世紀

今日、ほとんど世界中のどの国でも、女性は男性と同様に選挙権を享受している。だがこの権利の獲得には、ニュージーランドからクウェートまで、地域によってその速度はさまざまだったが、１世紀にわたる非常な努力があった。２つの世界大戦に続く何年かが、多くの国にとって決定的となった。

女性の選挙権の承認は、現代民主主義における、両性の平等への長い道のりにとって決定的なステップだった。それは一方で女性に男性と同じ「能動的」市民権をあたえ、もう一方で、政治に参加する可能性を開いた。選挙権は多くの場合

女性の選挙権の獲得

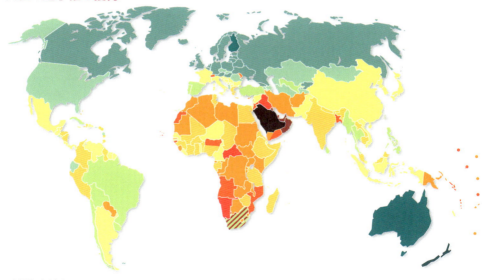

各国における
女性の選挙権獲得の年

女性が選挙権から除外されている国
［サウジアラビアでは2015年12月に認められた］

1893 ｜ 1900-1909 ｜ 1910-1919 ｜ 1920-1929 ｜ 1930-1939 ｜ 1940-1949 ｜ 1950-1959 ｜ 1960-1969 ｜ 1970-1979 ｜ 1980-1989 ｜ 1990-1999 ｜ 2000-2010

出典：Inter-Parliamentary Union（IPU列国議会同盟）

被選挙権もともなったからだ。

女性の制限なしの選挙権獲得は、全世界で見ると、段階に1世紀の幅がある。ニュージーランドの女性たちは、1893年から自国の政治的投票のすべてに参加することができたが、クウェートの女性たちは（帰化して市民権を取得した女性は帰化した男性と同様に除外）、2006年の市議会の補充選挙のときになって、彼女たちの歴史上はじめて投票したのだった。

戦争と革命

18世紀と19世紀の政治革命は、空ぶりに終わった約束だった。女性の参政権は、1848年のフランス2月革命までほとんど話題にもならなかったが、この革命で、男子の普通選挙がヨーロッパの一部で徐々に採用されるようになった。制限選挙制度のなかでは、女性が除外されていることがそれほど目立たなかったが、その頃からは徐々に締め出されていることが意識されるようになった。その後、あいつぐ世界戦争の年代が、女性参政権獲得の鍵となる。1918年から1921年のあいだに、約30か国が女性の選挙権を認め（アメリカ、北ヨーロッパ、東ヨーロッパ）、それより早い国さえあった（デンマーク、アイスランド、カナダ）。戦争での女性の貢献が、女性の権利を認めるのを加速させたのだ。同様の動きが、第2次世界大戦の後にも起こり、世界各地に広まった。1945年から1946年にかけて、それはラテンアメリカのグアテマ

ラ、ベネズエラ、アルゼンチン、アフリカのカメルーン、トーゴ、リベリア、そしてアジアではインドネシア、ベトナム、日本に波及した。今日、女性参政権は民主主義の要請と切り離せないものと考えられている。

歴史の重み

北ヨーロッパは両性間の政治的平等にかんする先駆者だった。それに対して「人権の揺籃の地」であるフランスが女性参政権を認めたのは1944年、スイスにいたっては1971年ときわだって遅かった。こうした女性参政権の取得の世界の国々の年表と、同じ文化圏に属している国々のあいだの差異をどう解釈すればいいのだろうか？　男性の普通選挙権が早く認められていたことは、かならずしもプラスにはなっていない、それどころか、ヨーロッパにおいて、まさにスイスやフランスの例が証明するとおりだ。過去の重みは、むしろ多くの場合明白なブレーキとなっている。イギリスでは1928年と、旧連邦内自治領のカナダ、オーストラリア、ニュージーランドに遅れをとっている。社会主義や共産主義体制の国々が増えたことも顕著な役割を果たした。宗教の違いもはっきりと境界線を描き、イスラム世界は長く枠外にとどまった。キリスト教世界では、国民の大半がプロテスタントの国々はほかと一線を画し、都市生活における家父長制の概念を放棄して、公の問題に女性がかかわ

フランスにおける参政権

1789年	封土をもつ未亡人と女子大修道院長は、被選挙権はないが、三部会の選挙権があった。
1790年	コンドルセが女性の選挙権に好意的な立場をとった。
1792年	男子普通選挙
1793年	オランプ・ド・グージュの「女性と女性市民の権利宣言」
1815年	男子制限選挙
1848年	男子普通選挙
1849年	女性解放クラブの創設者ジャンヌ・ドゥロワンが、国政選挙に立候補しようとする。
1881年	ユベルティーヌ・オークレールがフェミニズム新聞「シトワイエンヌ（女市民）」創刊。
1901年	代議士ゴートレの法案（成人の独身女性、未亡人、離婚者の選挙権）が否決される。
1906年	代議士デュソーソワの法案（地方選挙にかぎっての女性の選挙権）が否決される。
1909年	女性の選挙権のための「フランス女性同盟」の創設（メンバーは、1914年に1万2000人、1935年に10万人）。
1909年	女性参政権を提案するビュイッソン報告が下院に出される。
1919年	3月20日、下院が女性の選挙権創設の法案を、329票対95票ではじめて可決。
1922年	11月21日、上院は156票対134票で、法案審議を否決。
1934年	ルイーズ・ヴェースが「新しい女」というスローガンの団体を設立し、華々しいキャンペーンを展開した。
1936年	7月30日、下院は6度目になる女性の選挙権賛成の立場を、495票対0で、明らかにした。だが上院は、またしてもその案件を議事日程に組みこむのを拒否した。
1944年	3月24日、臨時諮問会議において、女性の選挙権が51票対16票で可決される（4月21日命令17条）。

ることを受け入れるのに、カトリックの国々より迅速だった。

　この差は、それぞれの社会での女性運動がどれだけさかんだったかによっても

説明できる。また、女性解放運動の要求のうちで、選挙権にあたえられた優先の度合にもよるだろう。たとえばブラジルの女性たちは、生物学者ベルタ・ルッ

ッと彼女が創設したブラジル婦人進歩連合の指導のもと、10年の闘いののちに1932年に選挙権を勝ちとっている。しかし、過去のフェミニストの全員が「サフラジェット」だったわけではなく、ときに選挙権の問題で分裂している。その上、彼女たちは同じ原理で投票箱へのアクセスを求めたのではなかった。とくにフランスなどに多かった、ユニバーサリズム（性は個人を排除する基準とはなりえないとする）に根拠を置く人々がいた一方で、女性の男性との違いと、両性が互いに補完しあうことを強調して、公共の領域への女性の代表権を要求した人々もいた。

クリスティーヌ・テレ

経済界・政界とガラスの天井

公的な生活を支配している2つの主要な権力領域に、女性は数えるほどしかいない。女性の力の強化は、社会のあらゆるレベルで行なわれているが、女性にも政治や経済領域で、もっとも高い職務に男性と同等に近づくチャンスがないかぎり、ほんとうの平等はありえないだろう。

政治の領域で男女同数が達成されている国はない。といっても、国によって状況は異なっている。だが、こうした違いを説明するため主張できるような、どの状況にも共通した説明はない。たとえば、女性たちがもっとも早い時期に参政権を得た国が、かならずしも女性の政治進出がもっとも進んでいる国というわけではない。オーストラリアでは、女性が1902年から投票しているし、カナダでは1918年からであるが、国会議員のうち女性の比率は、どちらの国でも25％しかない。また、議会への女性の進出がそれほど実現していない国で、女性が国のもっとも高い職につくことも可能だった。とくにスリランカでは、女性の首相2人と共和国大統領1人が出ているのに、国会議員の女性の割合は6％を超えていない。女性の選挙権は1931年から認められているにもかかわらずである。ラテンアメリカにおいては、3か国で大統領が女性〔2018年3月までに全員男性に替わった〕だが、女性議員の割合は、アル

ゼンチンが37％、チリが16％、ブラジルが9％である。

政治の世界にも少しずつ女性が進出している。世界で見ると、2000年に14％だった（一院制議会または下院での）女性議員の数が、2013年には22％になっている。全体として、先進国が発展途上国よりとくによいということもなく、2013年にはそれぞれ24％と20％である。政界への女性の進出がもっともいちじるしいのは、ラテンアメリカとカリブ諸国である（24.5％）。反対にオセアニアの議会にはほとんど女性がいない（3％）し、西アジアでも少ない（12％）。しかし格差は大陸内でも大きく、全体としてその国の発展レベルはほとんど関係していない。実際、議会における女性の割合がもっとも高い国のなかに、ルワンダやキューバ、スウェーデン、フィンランド、南アフリカ、オランダ、ニカラグアがみられ、発展レベルという見地からは、かなり雑多なとりあわせである。

2013年、女性議員が3分の1以上の

経済的権力——取締役会と中央銀行

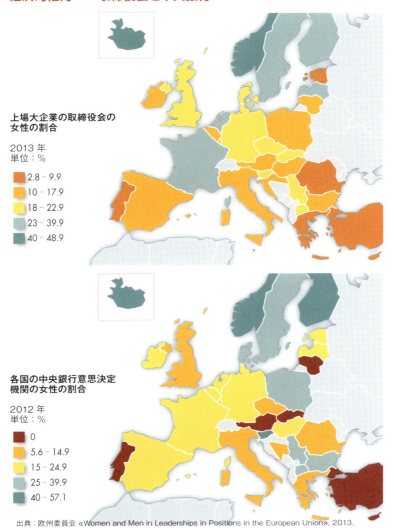

出典：欧州委員会 《Women and Men in Leaderships in Positions in the European Union》, 2013.

国は31か国しかなく、中国（23%）、パキスタン（20%）、アメリカ（18%）、インド（11%）、ブラジル（9%）、ナイジェリア（7%）のように、合計すればそれだけで世界人口の半分以上を占める、人口の多い国々はそのなかに入っていない。

政治権力——議会と大臣職

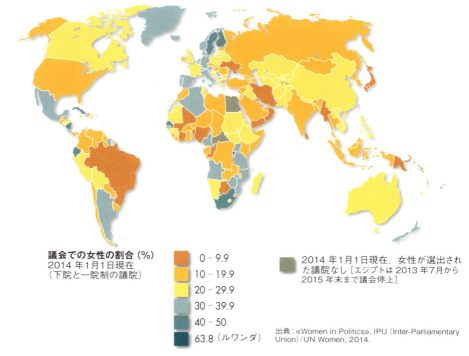

議会での女性の割合 (%)
2014年1月1日現在
(下院と一院制の議院)

- 0 – 9.9
- 10 – 19.9
- 20 – 29.9
- 30 – 39.9
- 40 – 50
- 63.8 (ルワンダ)

2014年1月1日現在、女性が選出された議院なし [エジプトは2013年7月から2015年末まで議会停止]

出典：«Women in Politics», IPU (Inter-Parliamentary Union) / UN Women, 2014.

先進国における女性の経済界への進出は、かぎられたものである

経済への影響力にかんしても、世界レベルでの女性の状況はほとんど変わらない。ヨーロッパの場合だけは、国ごとのデータがあり、女性の教育レベルが非常に高く、女性の経済活動への参加が一般化している地域なので現実的な情報をあたえてくれる。しかしながら、そこでも女性の経済への影響は弱い。ヨーロッパの平均は（トルコもふくむ広い範囲で）、中央銀行の意思決定機関に、5人中1人と、女性が少ないことを示す。上場の大企業の取締役会も女性の割合は小さく、2013年の平均で17％にとどかない。

国レベルで見れば、上場大企業の取締役会の女性の割合は、2000年からの10年間の終わりに例外的に20％を超えただけである。北ヨーロッパの国々は、男女の平等への歩みのなかでもっとも進んでいる。なかでもノルウェーは、ほかのヨーロッパの国々、またスカンディナヴィアのほかの国とも一線を画している。大企業グループの取締役会に40％の女性がいるのだ。ルクセンブルク、ポルトガル、イタリアでは女性の経済への影響力がとりわけ低く、企業の上層部にいる女性の比率も非常に低い、いやほとんど

経済界・政界とガラスの天井・145

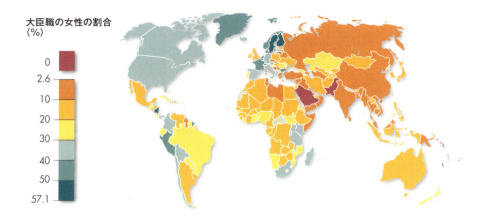

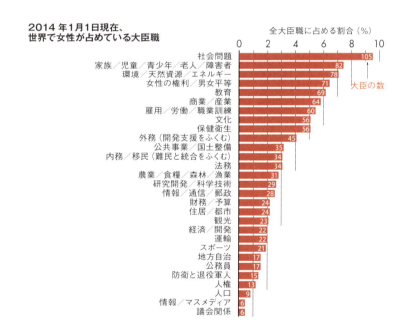

ゼロである。

ジャック・ヴェロン

146・不平等との闘い

婚姻にかんする法律

　異性間の結婚は、いまも大半の社会を構成する制度となっているが、それはまたジェンダー不平等が構成される舞台でもある。結婚のなかで、配偶者それぞれに認められる権利は、ある部分、両性が構成する関係のあり方を反映している。法律はまた、配偶者の一方、あるいは他方の交渉力を制限したり増大させたりと、両者の関係にも影響している。

　法律の文言は、婚姻内での関係を組織する権利の、いくつかの大きな規範を発生させる。妻の夫に対する服従の義務が宗教によって定められていることも多いが、1753年のイギリスで、ついで1804年のフランスでもそれが民法に定められた。さらに、妻は自分の財産や給料の管理をすることができず、外で働くのに夫の許可を必要とした。妻は家庭では夫に従わなければならず、自分の子どもたちに対しても権限がなかった。フランスの法典はヨーロッパや、植民地や、スペイン語圏アメリカに輸出された。

　家長制の規範は1900年にドイツで生まれた。それは妻の民事能力を認め、彼女を思慮深い協力者と認める。しかしながら、諍いが起こった場合は、夫が勝つことになっていた。

　その後は、矛盾した規定に不平等のモデルが根強く残っているとはいえ、改善がみられた。そうして1881年、イギリスは服従の義務を廃止し、妻の民事能力

1938年における独立60か国での婚姻の義務と権利

- ■ 根強い不平等
- ■ 夫が家族の長
- ■ 妻の服従義務
- ■ 非独立地域またはデータなし

婚姻における権利と義務、2000年代終わり

- ■ 平等
- ■ 不平等が残存
- ■ 夫が家族の長
- ■ 妻の服従義務
- ■ 多元法（宗教法、民法、慣習法）

一夫多妻制が認められている国

- 民法典による
- 慣習法による

婚姻にかんする法律・147

婚姻のなかでの女性の権利

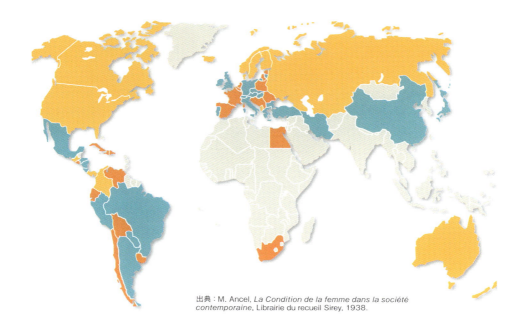

出典：M. Ancel, *La Condition de la femme dans la société contemporaine*, Librairie du recueil Sirey, 1938.

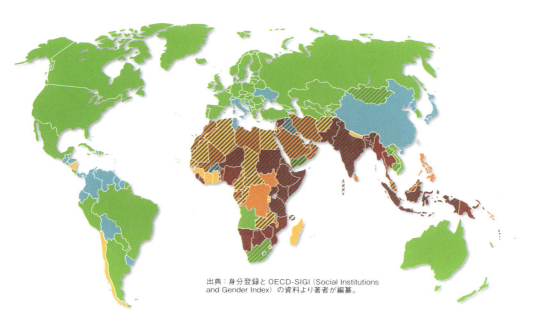

出典：身分登録とOECD-SIGI（Social Institutions and Gender Index）の資料より著者が編纂。

を認めた。それでも依然として妻たちは婚姻中に得た財産のうえになんら権利をもたなかった。

　文言上、以前の差別をすべてとりのぞくことになる平等モデルは、２つの異なる形で現れた。1917年のソ連では、男女間の平等は保証されたが、それが実行されることを要求できる手立てがなかったし、条文は数ページしかない。それに対して、スカンディナヴィア諸国は、1918年に守られるべき規定として男女の平等を確立し、離婚の際の財産分与を保障した。このモデルは、女子差別撤廃条約の第16条でふたたび採用され、掘り下げられることになる。

　旧植民地の国々においては、1950から1960年代にかけての独立の後、旧宗主国の規範をとりいれたいくつかの例はあるが、多くは、それぞれの文化に合わせた法律を新たに制定した。イスラムの国々では相続権は制限しつつも、妻の民事能力を認める、非常に構成のしっかりした法モデルを根拠としている。また、宗教法、民法、慣習法（これは地域によって異なりうる）を結びつけた多元的なモデルを考え出した国もある。この２つのモデルは、服従の義務や男性家長制だけでなく、西欧の民法には存在しなかった同意のない結婚、レビラート婚（寡婦が亡夫の弟と結婚させられる）、一夫多妻制といった差別を受容していることも多い。もっとも、それらの国々は、調印している国際条約に一致するものにかぎってしか、慣習法や宗教法を認めていない。

進歩は明らかだが、一様ではない

　今日、世界のどこへ行っても妻に民事上の行為能力があり、国籍もある。国籍については夫や子どもに伝えることさえできることも多い。夫婦財産制のほとんどは、財産分割の際、部分的にせよ妻の家事労働を考慮に入れるよう修正されている。平等の定義はより要求水準の高いものとなった。DVは罪となり、同性間の結婚も不可能ではない。しかしながら、まだ多くの領域に強い不平等が残っている。とくに子どもに対する権限については、はっきりしないことが多い。また、もはや服従は求められていないが、宗教と結びついた個人の地位については慣習が優先され、結局旧来と同じことになっている場合もある。その上、平等は、服従の義務がそうだったような、だれにでも強い印象をあたえる原理であることがめったにない。

　婚姻法の効力は国によって、その法治国家の程度や個人の抵抗の程度や平等な法律を実施しようとする官公庁の職員の能力と意欲によって、また人口に占める既婚女性の割合によってさまざまである。世界銀行とOECDの調査では、婚姻にかんする法律と就学率、就業率、出産率、そして暴力の発生率とは大きく関係していることがわかっている。

アルレット・ゴーティエ

男女の不平等は測定不能？

ジェンダー平等は、国連でも認められた人権で、開発には必要な条件である。しかし、男女間の不平等は、どのようにして測定すればいいのだろう？

問題は、一方で教育、健康、生活水準、職業、政治への参加などさまざまな領域での女性の状況を国ごとに映し出し、他方で、国際的な比較ができるような指標を打ち立てることだ。

ジェンダー開発指数

非常に単純化されたものだが、国の開発レベルを評価する指標として、一人あたりの国民総生産（GNP）が長年、もっとも広く知られていた。GNPは開発の社会面をとらえていないとして、これに非常に批判的だった国連開発機構（UNDP）は、1990年、社会の発展についてより広いヴィジョンを示すことができる新しい指標を提案した。人間開発指数（HDI）である。これは一人あたりの所得と、出生時平均余命と就学率を組みあわせたものだが、男性と女性のあいだの不平等には無関心だ。

この不平等を測定するために、国連開発機構は1995年、人間開発指数に手をくわえて、ジェンダー開発指数（GDI）というものを作り上げた。人間開発指数と同様、ある国のジェンダー開発指数は、その国の状況と健康、教育、生活水準の面から見て世界でもっとも好調な国と、もっとも貧しい国の状況とのへだたりを計算することで得られる。それぞれの基準ごとに、男女別々に計算し、それから組みあわせる。平均を出すことで国家間のランク付けが可能になる。ジェンダー開発指数は、したがって、ジェンダー間の不平等の規模に関連させて手直しした人間開発指数である。不平等が大きければ、ジェンダー開発指数は人間開発指数より低く、反対にジェンダー間の不平等が小さければ、ジェンダー開発指数は人間開発指数より高くなる。たとえばポーランドは1997年に、ジェンダー開発指数では世界35位、人間開発指数で52位だった。その逆に、同じ年フランスは人間開発指数2位なのに、ジェンダー開発指数では7位である。

女性の潜在能力を測定するため、ジェンダー開発指数を導入した国連開発計画が、1995年の同じ報告書で、この潜在能力の活用度を評価できる補足的な指標を導入した。ジェンダー・エンパワーメント指数（GEM）である。この指数は、

議員の数、取締役や管理職、技術職、自由業へのアクセスにおける差異、および勤労所得分布における差異を示す変数を組みあわせることによって得られる。

ジェンダー不平等指数

この2つの指標、ジェンダー開発指数とジェンダー・エンパワーメント指数には3つのタイプの批判がある。よせ集めであること、計算のなかに絶対値と相対値、しばしば細分化されたデータ（とくに所得について）が入っていること。また、ジェンダー・エンパワーメント指数の場合は、女性の労働がしばしば形をなさないもので、したがって可視化しにくいような発展途上国の状況には不適当であることとの批判もある。これらの批判のいくつかに答えて、国連開発計画は、2010年に新しい指標、ジェンダー不平等指数（GII）をあみだした。これは3つの側面、リプロダクティブ・ヘルス（性と生殖にかんする健康）、女性の自立、労働市場への参加を考慮に入れる。

国連開発計画のほかの指数と同様、指数の値は0から1のあいだにあって、ある国がジェンダーの見地から不平等であるほど、指数の値は1に近くなる。2012年、ジェンダー不平等指数の値はオランダでもっとも低く（0.045）、イエメンでもっとも高かった（0.747）。人間開発指数とジェンダー不平等指数の値の比較は、ジェンダー開発指数についてすでにした検討を確認することになり、ジェンダーの不平等を考慮

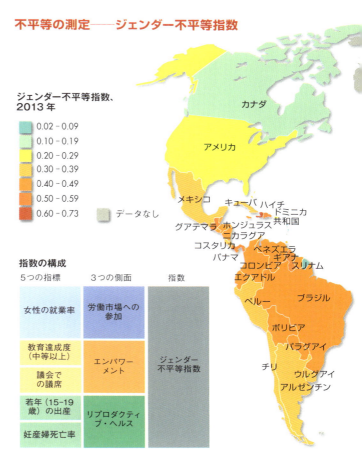

不平等の測定──ジェンダー不平等指数

に入れることで、人間開発の評価の順位をつけなおすこととなる。たとえば、アメリカは人間開発指数では世界3位だが、ジェンダー不平等指数では42位（2012年に0.256）となる。これは3つの要因による。若年出産が多いこと、妊産婦死亡率が比較的高いこと、女性議員の割合が小さいこと。だがいずれにせよ、上位の国々が全体として工業化世界に属する ことには変わりない。

　先行の指標と同様に、ジェンダー不平等指数も批判をまぬがれない。「合成の」指標であるため、それが総括するデータは、計算できるようにまとめられたもので、もはや現状どおりには伝えられていない。その上、女性の状況全体について展望する概括的な指標である。したがって解釈には注意が必要だ。しかし、男性

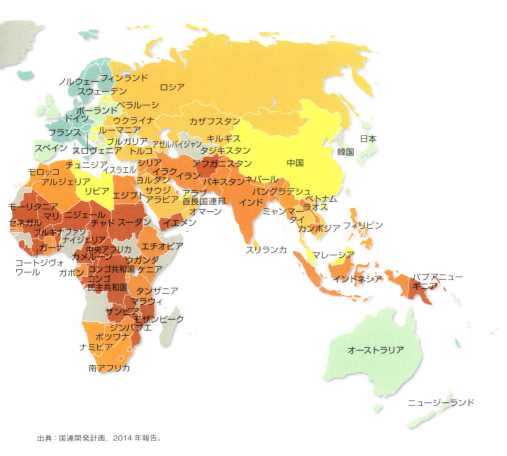

出典：国連開発計画、2014年報告。

と女性のあいだの不平等をたえず減らす努力なくして、人間開発は実現されないと考える以上、この指標には、各国の状況について、人間開発にかんする1つの視座をあたえてくれるというメリットがある。

ジャック・ヴェロン

参考文献

ANCEL (M.): *La Condition de la femme dans la société contemporaine*, Librairie du recueil Sirey, Paris, 1938.

ANTOINE (P.): «Les complexités de la nuptialité: de la précocité des unions féminines à la polygamie masculine en Afrique », in Caselli (G.), Vallin (J.) et Wunsch (G.) (dir.): *Démographie et synthèse. II. Les déterminants de la fécondité*, Ined-Puf, Paris, 2002, p.75-102.

ATTANÉ (I.): *En espérant un fils… La masculinisation de la population chinoise*, Ined, Paris, 2010.

BAJOS (N.), BOZON (M.): *Enquête sur la sexualité en France. Pratiques, genre et santé*, La Découverte, Paris, 2008.

BAJOS (N.), BOZON (M.): «Les transformations de la vie sexuelle après cinquante ans: un vieillissement genré», *Gérontologie et société*, n° 140, numéro spécial « Corps, désirs, sexualités », p. 95-104, 2012.

BAJOS (N.), ROUZAUD-CORNABAS (M.), PANJO (H.) et Al.: «La crise de la pilule en France : vers un nouveau modèle contraceptif ?», *Populations et Sociétés*, n° 511, 2014.

BARD (C.): *Les Filles de Marianne. Histoire des féminismes 1914-1940*, Fayard, Paris, 1995.

BARD (C.): *Un siècle d'antiféminisme*, Fayard, Paris, 1999.

BECKMAN (N.), WAERN (M.), GUSTAFSON (D.), SKOOG (I.) : « Secular Trends in Self-Reported Sexual Activity and Satisfaction in Swedish 70-Year-Olds. Result from 4 Population Surveys 1971-2001», *British Medical Journal*, 337, a279, 2008.

BÉLANGER (D.): «Les mariages avec des étrangères en Asie de l'Est: trafic de femmes ou migration choisie?», *Population et Sociétés*, n° 469, 2010.

BONNET (C.), CAMBOIS (E.), CASES (C.), GAYMU (J.): «La dépendance : aujourd'hui l'affaire des femmes, demain davantage celle des hommes?», *Population et Sociétés*, n° 483, 2011.

BOZON (M.): «À quel âge les femmes et les hommes commencent-ils leur vie sexuelle? Comparaisons mondiales et évolutions récentes», *Population et Sociétés*, n° 391, 2003.

BOZON (M.): *Sociologie de la sexualité*, Armand Colin (3e édition), Paris, 2013.

BRUGEILLES C., «L'accouchement par césarienne, un risque pour la santé reproductive?», Autrepart, n° 69, à paraître en 2015.

BRUGEILLES (C.), CROMER (S.): *Genre et manuels de mathématiques en France*, TREMA, n° 35-36, 2011, p.143-154.

CHETCUTI (N.): *Se dire lesbienne. Vie de couple, sexualité, représentations de soi*, Payot, Paris, 2010.

CHIMOT (C.), LOUVEAU (C.) : «Becoming a Man while Playing a Female Sport. The Construction of Masculine Identity in Boys Doing Rhythmic Gymnastics», *International Review for the Sociology of Sport*, 45(4), 2010, p.436-456.

COURDURIÈS (J.), FINE (A). (dir.): *Homosexualité et parenté*, Armand Colin, Paris, 2014.

DESCOUTURES (V.), DIGOIX (M.), FASSIN (E.), RAULT (W.): *Mariages et homosexualités dans le monde. L'arrangement des normes familiales*, Autrement, Paris, 2008.

DESTREMAU (B.), VERSCHUUR (C.) (dir.): «Féminismes décoloniaux, genre et développement», *Revue tiers-monde*, n° 209, Armand Colin, Paris, 2012.

FAURÉ (C.) (dir.): *Nouvelle encyclopédie politique et historique des femmes*, Les Belles Lettres, Paris, 2010.

FLEURIEL (S.) : « De la vocation artistique à la précarité: devenir professeur de danse jazz », *Sociologie de l'art Opus*, vol. 15, p. 137-158, 2010.

FORD (C.): *Femmes cinéastes ou le triomphe de la volonté*, Denoël, Paris, 1972.

GAUTIER (A.): «Legal Regulation of Marital Relations: Historical and Comparative Approach», *International Journal of Law, Policy and the Family*, 19, 2005, p.47-72.

GAYMU (J.) et l'équipe Felicie: «Comment les personnes dépendantes seront-elles entourées en 2030? Projections européennes», *Population et Sociétés*, n° 444, 2008.

GUBIN (E.), JACQUES (C.), ROCHEFORT (F.), STUDER (B.), THEBAUD (F.), ZANCARINI-FOURNEL (M.) (dir.): *Le Siècle des féminismes*, Les Éditions de l'Atelier/ Éditions ouvrières, Paris, 2008.

JASPARD (M.): *Les violences contre les femmes*, La Découverte, Paris, 2011.

KABEER (N.): *Intégration de la dimension genre à la lutte contre la pauvreté et Objectifs du millénaire* pour le développement. Manuel à l'intention des instances de décision et d'intervention, Les Presses de l'Université Laval/CRDI, 2005.

KLEJMAN (I.), ROCHEFORT (F.): L'Égalité en marche. Le féminisme sous la Troisième République. Presses de la Fondation nationale des Sciences politiques/ Éditions des femmes, Paris, 1989.

LEJEUNE (P.): Le Cinéma des femmes, Atlas, Paris, 1987.

LERNER (G.), LERNER (A.), LERNER (S.) : L'Avortement en Amérique latine et dans la Caraïbe, Les Numériques, Ceped, Paris, 2007. www.ceped.org/cdrom/avortement_ameriquelatine_2007/

LOCOH (T.): «Les facteurs de la formation des couples», in Caselli (G.), Vallin (J.) et Wunsch (G.) (dir.): Démographie et synthèse. II. Les déterminants de la fécondité, Ined-Puf, Paris, 2002, p.103-142.

MENNESSON (C.): Être une femme dans le monde des hommes. Socialisation sportive et construction du genre, L'Harmattan, Paris, 2005.

MESLÉ (F.): «Espérance de vie : un avantage féminin menacé ?», Population et Sociétés, n° 402, 2004.

MOROKVASIC (M.): «Les oiseaux de passage sont aussi des femmes...», in Pichet (V.): Les Théories de la migration, Éditions de l'Ined, Les Manuels, Paris, 2013, p.249-268.

MOROKVASIC (M.): Travail et genre dans le monde, l'état des savoirs, La Découverte, Paris, 2013.

OCTOBRE (S.): «La fabrique sexuée

des goûts culturels», Développement culturel, n° 150, 2005.

OCTOBRE (S.), DETREZ (C.), MERCKLÉ (P.), BeRtHoMieR (n.): L'Enfance des loisirs, Ministère de la Culture et de la Communication, Paris, 2010.

PAILHÉ (A.), SOLAZ (A.) (dir.): Entre famille et travail: des arrangements de couple aux pratiques des employeurs, La Découverte, Paris, 2009.

PROCACCI (G.), ROSSILI (M.-G.): «La construction de l'égalité dans les organisations internationales», in Fauré (C.) (dir.): Nouvelle encyclopédie politique et historique des femmes, Les Belles Lettres, Paris, 2010., p.875-909.

ROBINE (J.-M.), CAMBOIS (E.): «Les espérances de vie en bonne santé des Européens», Population et Sociétés, n° 499, 2013.

ROBINEAU (D.), SAINT POL (T. DE): «Les normes de minceur : une comparaison internationale », Population et Sociétés, n° 504, 2013.

ROLLET (B.): «French Women Directors Since the 1990s: Trends, New Developments, and Challenges», in Moine (R.), Radner (H.), Fox (A.), Marie (M.) (dir.): A Companion to Contemporary French Cinema, Blackwell, 2014.

SAINT POL (T. De): Le Corps désirable. Hommes et femmes face à leur poids, Presses universitaires de France, Paris, 2010.

SINDZINGRE (N.): «Un excès par défaut: excision et représentations de la féminité», in L'Homme, 19(3), 1979, p.171-187.

VERJUS (A.): Le Cens de la famille. Les femmes et le vote, 1789-1848, Belin, Paris, 2002.

VERSCHUUR (C.) (dir.): Genre, postcolonialisme et diversité des mouvements de femmes. Cahiers Genre et Développement, n° 7, L'Harmattan, Paris, 2010.

VOUILLOT (F.): « L'orientation aux prises avec le genre », Travail, genre et sociétés, n° 18, 2007, p.87-108.

国際条約と国際機関の報告

Femicide. A Global Issue that demand Action, Academic Council of the United Nation System (ACUNDS), New Second Edition, 147 p., 2013. http://acuns.org/new-2nd-edition-of-femicide-a-global-issue-that-demands-action/

Plus de femmes aux postes à responsabilité. Une clé de la croissance et de la stabilité économique, Commission européenne, Direction générale de l'emploi, des affaires sociales et de l'égalité des chances, Office des publications de l'Union européenne, Luxembourg, 2010.

「婚姻の同意、最低年齢及び登録に関する条約、1962年12月10日」、国連条約集vol.521、p.231、ニューヨーク。https://treaties.un.org/Pages/ViewDetails.aspx?src=IND&mtdsg_no=XVI-3&chapter=16&lang=en

「婦人の参政権に関する条約、1953年3月31日」、国連条約集vol.193、p.135、ニューヨーク。https://treaties.un.org/Pages/ViewDetails.aspx?src=IND&mtdsg_no=XVI-1&chapter=16&lang=en

「女子差別撤廃条約（正式名：女子に
　対するあらゆる形態の差別の撤廃に関
　する条約）」、国連条約集vol.1249、
　p.13、ニューヨーク。https://treaties.
　un.org/Pages/ViewDetails.
　aspx?src=IND&mtdsg_no=IV-
　8&chapter=4&lang=en

「既婚婦人の国籍に関する条約、1957
　年2月20日」、国連条約集vol.309、
　p.65、ニューヨーク。https://treaties.
　un.org/pages/ViewDetailsIII.
　aspx?src=TREATY&mtdsg_
　no=XVI-2&chapter=16&
　Temp=mtdsg3 &clang=_en

*Female genital mutilation in the European
　Union and Croatia.* European Institute
　for Gender Equality, 2012. : http://
　eige.europa.eu/content/document/female
　-genital-mutilation-in-the¬european-
　union-and-croatia-report

Global Media Monitoring Project, Who
　Makes the News, 2010. http://
　whomakesthenews.org/gmmp/
　gmmp-reports

*Women's Legal Rights over 50 Years:
　Progress, Stagnation or Regression?*,
　Hallward-Driemeier (M.), Tazeen (H.),
　Bogdana (R. A.), Banque mondiale,
　Policy Research Working Paper WPS
　6616, Washington, 2013.

*Atlas of Gender and Development. How
　Social Norms Affect Gender Equality
　in non-OECD Countries*, OCDE,
　2010. www.keepeek.com/Digital-
　Asset-Management/oecd/
　development/atlas-of-gender-and-
　development_9789264077478-
　en#page1

Closing the Gender Gap: Act Now,
　OECD Publication, 2012.

«Pursuit of Justice», in *Progress of
　the World's Women 2011-2012, UN*

Women, New York, 2011. http://
　progress.unwomen.org.

*Policy Makers Guide to Women's
　Land, Property and Housing Rights
　Across the World*, UN-Habitat,
　2007. www.unhabitat.org

World Health Statistics 2014, WHO,
　2014.

*Global and Regional Estimates of
　Violence against Women:
　Prevalence and Health Effects of
　Intimate Partner Violence and
　Non-Partner Sexual Violence*,
　WHO, 2013. http://apps.who.int/iris/
　bitstream/10665 /85239/1
　/9789241564625_eng.pdf

*Understanding and addressing
　violence against women, Femicide*,
　WHO, WHO/RHR/12.38, 2012.

「北京宣言及び行動綱領」、国際連合、
　1995年。www.un.org/womenwatch/
　daw/beijing/pdf/BDPfA%20F.pdf

*Gender and Law. Women's Rignts in
　Agriculture*, 国連食糧農業機関
　（FAO）、2007年。http://www.fao.
　org/right-to-food/resources/
　resources-detail/en/c/49260/

*The Rise of South: Human Progress in
　a Diverse World, in Human
　Development Report 2013*（「人間開
　発報告書2013」）、国際連合開発計画
　（UNDP）、ニューヨーク、2013年。

*Women's Property and Inheritance
　Rights: Improving Lives in Changing
　Times*, Steinzor (N.), Office of
　Women in Development, 2003.
　http://pdf.usaid.gov/pdf_ docs/
　PNADA958.pdf

*World Atlas of Gender Equality in
　Education*, UNESCO, 2012. www.
　unesco.org/new/fr/education/themes/

leading-the-international-agenda/
gender-and-education/resources/
the-world-atlas-of-gender-equality-in-
education/

*Female Genital Mutilation/Cutting: A
　Statistical Overview and Exploration
　of the Dynamics of Change*, Unicef,
　2013. www.unicef.org/publications/
　index_69875.html

「女子差別撤廃条約選択議定書」、国
　連条約集vol.2131、p.83、1999年
　10月6日。https://treaties.un.org/
　Pages/ViewDetails.
　aspx?src=IND&mtdsg_no=IV-8-
　b&chapter=4&lang=en

Women, Business and the Law, World
　Bank, 2014. http://wbl.worldbank.
　org/~/media/FPDKM/WBL/
　Documents/Reports/2014/
　Women-Business-and-the-Law-
　2014-Key-Findings.pdf

*Women's Property and Inheritance
　Rights*, U.S. Agency for International
　Development, 2003. http://pdf.
　usaid.gov/pdf_docs/PNADA958.pdf

データベース

OECD Database. http://stats.oecd.org

*The World's Women 2010, Trends and
　Statistics.* http://unstats.un.org/unsd/
　demographic/products/
　Worldswomen/WW_full%20
　report_color.pdf

UN Data, A World of Information,
　United Nations. http://data.un.org

The World Bank. http://databank.
　worldbank.org/data

*World Population Prospects, the 2012
　Revision*, United Nations. http://esa.
　un.org/wpp/

もっと知るには

一般書

BEAUVOIR (S. DE): *Le Deuxième Sexe*, Gallimard, Paris, 1949.（ボーヴォワール『第二の性』、井上たか子ほか訳、新潮文庫、1997年）

BLÖSS (T.) (dir): *La Dialectique des rapports hommes-femmes*, Puf, Paris, 2001.

BOURDIEU (P.): *La Domination masculine*, Le Seuil, Paris, 1998.（ピエール・ブルデュー『男性支配』、坂本さやか訳、藤原書店、2017年）

DAUPHIN (S.), SÉNAC (R.): *Femmes¬hommes. Penser l'égalité*, Les Études de la Documentation française, n° 5359-60, 2012.

DELPHY (C.): *L'Ennemi principal. Économie politique du patriarcat*, Paris Syllepse, coll. « Nouvelles questions féministes », 1998.

FALQUET (J.), HIRATA (H.), KERGOAT (D.), LABARI (B.), LE FEUVRE (N.), SOW (F.): *Le Sexe de la mondialisation. Genre, classe, race et nouvelle division du travail*, Presses de Sciences-Po, Paris, 2010.

FERRAND (M.): *Féminin, Masculin*, Éditions La Découverte, coll. « Repères », Paris, 2004.

GOFFMAN (E.): *L'Arrangement des sexes*, Paris, La Dispute, 2002.

HÉRITIER (F.): *Masculin/Féminin, La pensée de la différence*, Odile Jacob, Paris, 1996.

HÉRITIER (F.): *Masculin/Féminin II, Dissoudre la hiérarchie*, Odile Jacob, Paris, 2002.

KERGOAT (D.): *Se battre disent-elles...*, La Dispute, Paris, 2012.

LAUFER (J.), MARRY (C.), MARUANI (M.) (dir).: *Masculin-féminin: questions pour les sciences de l'homme*, PUF, Paris, 2001.

MARUANI (M.) (éd.): *Femmes, genre et sociétés: l'état des savoirs*, La Découverte, Paris, 2005.

MATHIEU (N.-C.): *L'Anatomie politique 2*, La Dispute, Paris, 2014.

MILEWSKI (F.), PÉRIVIER (H.): *Les Discriminations entre les femmes et les hommes*, Presses de Sciences-Po, Paris, 2011.

VÉRON (J.): *Le Monde des femmes*, Seuil, Paris, 1997.

概説書

BERENI (I.), CHAUVIN (S.), JAUNAIT (A.), REVILLARD (A.): *Introduction aux études sur le genre*, De Boeck, 2012.

CLAIR (I.): *Sociologie du genre*, Armand Colin, coll. « 128 », Paris, 2012.

PFEFFERKORN (R.): *Genre et Rapports sociaux de sexe*, Éditions Page deux, coll. « Empreinte », Lausanne, 2012.

SAUVAIN-DUGERDIL (C.), THIRIAT (M.-P.): *Développer le genre en démographie de la naissance à l'âge adulte*, Édition du Ceped, coll. « Les clefs pour », Paris, 2009.

専門誌

Cahiers du genre: http://cahiers_du_genre.pouchet.cnrs.fr/FichesNumeros/numero51.html

Genre, sexualité et société: http://gss.revues.org

Nouvelles questions féministes: www.unil.ch/liege/fr/home/menuguid/revue-nqf.html

Travail, genre et sociétés: www.travail-genre-societes.com

執筆者一覧

アタネ、イザベル　人口学者、中国研究者、フランス国立人口統計学研究所（Ined）主任研究員。研究テーマは、中国における人口の変化にともなう社会の変化。とくに関心があるのは、男女の人口の不均衡が個人や社会におよぼす、ジェンダーの観点から見た影響。

アメル、クリステル　社会学者、Ined研究員で「人口、ジェンダー、社会」と「国際人口移動とマイノリティー」ユニットに所属。「暴力と男女の関係」のアンケート調査を統括している。以前の研究は強制結婚、人種差別と移民の健康。

ヴェルシュール、クリスティーヌ　人類学者、ジュネーヴの国際・開発研究大学院のジェンダーと開発部門のトップ。研究のテーマは、ジェンダーと都市の人口構成、移民、発展途上国でのフェミニズム運動。定期刊行の「Cahiers Genre et Développement（ジェンダーと開発研究）」誌（L'Harmattan）を主宰。

ヴェロン、ジャック　人口学者、Inedの主任研究員で、人口と発展の関係の分析を専門とする。人口の変化と環境の変化とのつながり、年齢の力学と世代についての研究を行なっている。

エルトリック、ヴェロニク　人口

学者、Inedの主任研究員。研究テーマは、サハラ砂漠以南アフリカにおける人口と家族の推移、とくにカップルの形成と結婚生活の形態の推移。25年前からマリにおける人口調査を指揮している。

オクトーブル、シルヴィー　社会学者、文化・通信省の研究・展望・統計部の上席研究員。研究テーマは、子どもや青少年の文化的社会化（年齢、世代、ジェンダー、社会的出自の影響）と文化の伝承。

カンボワ、エマニュエル　人口学者、Ined主任研究員。研究テーマは、国民の健康状態と格差の測定と分析。フランスとヨーロッパにおける高齢化の比較。病気や障害で自立できなくなる要因、とくに社会的な決定要因。

ギヨーム、アニェス　人口学者、開発研究所（IRD）のエンジニア。研究テーマは、アフリカとラテンアメリカにおける産児調節、主として中絶である。

ゲミュ、ジョエル　人口学者、Inedの主任研究員。研究テーマは、フランスやヨーロッパにおける高齢化社会、および高齢者の暮らし（家族構成と家族関係、性生活、依存…）。とくに高齢の男性と高齢の女性とのあいだの不平等に着目している。

ゴーティエ、アルレット　西ブルターニュ大学の社会学教授、ブルターニュ・ケルト研究センター研究員。研究テーマは、フランス領アンティルの奴隷制と家族政策、メキシコや発展途上国における人口政策とリプロダクティブ・ライツ、ジェンダー・システム。

コンドン、ステファニー　Inedの社会人口学者。研究テーマは、おもにジェンダーの見地からの移民の歴史で、とくにカリブ海地域に関心をよせている。そのほかに、女性への暴力がどれだけどんな形で行なわれているかを確定する問題に取り組んでいる。

シモ、カロリーヌ　社会学者、レンス＝シャンパーニュ＝アルデンヌ大学准教授、同大学の雇用と職業化についての研究調査センター（Cerep）の研究員。研究テーマは、おもにスポーツ組織（連盟、団体、スポーツ分野の企業）におけるジェンダーのかかわり。

デクーテュール、ヴィルジニー　社会学者、現在パリ政治学院（シアンスポ）の社会政治データセンターで、データ処理装置ベカリ事業の一環として研究を行なっている。研究テーマは、私生活や現代の家族にみられる変化にもとづくジェンダー規範であり、ジェンダー、セクシュアリティ、血縁関係、結婚生活

の現代的形態のそれぞれの結びつきに焦点をあてている。

テレ、クリスティーヌ　歴史学者、Inedの研究ユニット「歴史と人口」「人口、ジェンダー、社会」の主席研究員。研究テーマは、18世紀と19世紀における人口と経済の知識の歴史。医学や倫理の言説にある、人生の諸段階における男女を区別する表現の構造に関心が深い。

ドゥボーシュ、アリス　社会学者、統計学者、ストラスブール大学准教授、Ined客員研究員。研究テーマは、暴力、とくに性暴力とジェンダー、セクシュアリティ、また統計結果や定量的研究の社会的利用について。

ド・サン・ポル、ティボー　社会学者、国立統計経済研究所（Insee）管理責任者、エコール・ノルマル・シュペリウール、カシャン校の客員教授。おもな研究テーマは健康の社会的不平等、体型のイメージや体型の基準。肥満の問題についての社会学的研究もある。

パイエ、アリアーヌ　経済学者、Ined主任研究員。研究テーマは、労働市場における男女の不平等と家庭における男女の不平等の相互関係。

ブリュジェイユ、キャロル　パリ社会科学・政治学研究センター（Cresppa）「ジェンダー、労働、移動」研究室（GTM）研究員。研究テーマは、とくに発展途上国における出生率、人口政策、リプロダクティブ・ヘルス、そして、子ども時代と思春期における男女の区別のある社会化。

ボゾン、ミシェル　フランス社会科学高等研究学校（EHESS）の社会経済学学際調査研究所（IRIS）客員研究員。研究テーマは、セクシュアリティの社会学、フランス、ヨーロッパ、ラテンアメリカにおけるジェンダーの関係。著書に、*Sociologie de la sexualité* (Paris, Armand Colin, 3e édition 2013), *Enquête sur la sexualité en France. Pratiques, genre et santé* (Paris, La Découverte, 2008, avec Nathalie Bajos) がある。

ボネ、キャロル　経済学者、人口学者、Ined研究員。研究テーマは、退職と老いの経済。とくに関心があるのは、退職システムから見た家族の両性間、世代間の不平等と、夫婦関係破綻の経済的影響。

メスレ、フランス　医師、人口学者、Inedの主席研究員。研究テーマは、世界全体における死亡率と死因。大量の死亡を、一貫した医学的定義による死亡原因で構成しなおしたデータにもとづいて、長期にわたる死亡率の変遷と相違を分析する。

モゲルー、ロール　社会人口学者、パリ第10大学（ナンテール・ラ・デファンス）准教授、パリ社会科学・政治学研究センター「ジェンダー，労働、移動」研究室（Creppa-GTM）研究員。研究テーマは、家族の変化と学校教育、フランスとサハラ砂漠以南アフリカにおける、高等教育を修了した女性の家族や社会における将来。

レクランガン、マリー　社会人口学者、ニース・ソフィアアンティポリス大学准教授で「移動と社会」（URMIS）研究グループに所属、またInedの客員研究員でもある。研究テーマに、移動との関係で見る女性性器切除（施術率、感染症、セクシュアリティや健康への影響）とマリの農村地帯にみられる幼年期、青少年期の都市への移動について。

ロー、ウィルフリエド　社会学者、Inedの上席研究員で、「人口、ジェンダー、社会」および「出生率、家族、セクシュアリティ」部門に所属。研究テーマは主として，カップルの形態とセクシュアリティ、さらに広く家族と私生活。

ロレ、ブリジット　映画とテレビのスペシャリスト、現代社会の文化史センター研究員、パリ政治学院教員。研究テーマは、映画とテレビにおけるジェンダーとセクシュアリティの問題。

◆編者◆

イザベル・アタネ（Isabelle Attané）
人口学者、フランス国立人口統計学研究所（Ined）所属、社会科学高等研究学校（EHESS）の客員研究員。

キャロル・ブリュジェイユ（Carole Brugeilles）
人口学者、パリ第10大学（ナンテール・ラ・デファンス）教授、パリ社会科学・政治学研究センター（Cresppa）「ジェンダー、労働、移動性」研究室（GTM）研究員。

ウィルフリエド・ロー（Wilfried Rault）
社会学者、フランス国立人口統計学研究所「人口、ジェンダー、社会」部門の共同責任者。

◆訳者◆

土居佳代子（どい・かよこ）
翻訳家。青山学院大学文学部卒。訳書に、ギデール『地政学から読むイスラム・テロ』、ヴァレスキエル『マリー・アントワネットの最期の日々』、レヴィ編『地図で見るフランスハンドブック現代編』、デルピルーほか『地図で見るイタリアハンドブック』、テルトレ編『地図とデータで見る軍事戦略の世界ハンドブック』、ソルノン『ヴェルサイユ宮殿──39の伝説とその真実』、トゥラ゠ブレイス『イラストで見る世界の食材文化誌百科』（以上、原書房）などがある。

地図製作：セシル・マラン（Cécile Marin）

協力：フランス国立人口統計学研究所（Ined）

ATLAS MONDIAL DES FEMMES: LES PARADOXES DE L'ÉMANCIPATION
Isabelle ATTANÉ, Carole BRUGEILLES, Wilfried RAULT, Maps by Cécile MARIN
Copyright © Éditions Autrement, Paris, 2015
Japanese translation rights arranged with Éditions Autrement, Paris
through Tuttle-Mori Agency, Inc., Tokyo

地図とデータで見る
女性の世界ハンドブック

●

2018 年 8 月 10 日　第 1 刷
2021 年 9 月 15 日　第 2 刷

編者………イザベル・アタネ
キャロル・ブリュジェイユ
ウィルフリエド・ロー
訳者………土居佳代子
装幀………川島進デザイン室
本文組版・印刷………株式会社ディグ
カバー印刷………株式会社明光社
製本………東京美術紙工協業組合

発行者………成瀬雅人
発行所………株式会社原書房
〒160-0022　東京都新宿区新宿1-25-13
電話・代表 03(3354)0685
http://www.harashobo.co.jp
振替・00150-6-151594
ISBN978-4-562-05589-0

©Harashobo 2018, Printed in Japan